思想觀念的帶動者

文化現象的觀察者

本土經驗的整理者

生命故事的關懷者

心靈工坊
PsyGarden

GrowUp

愛的開顯就是恩典，
心的照顧就是成長；
親子攜手，同向生命的高處仰望，
愛必泉湧，心必富饒。

閱讀孩子的書

子どもの本を読む

兒童文學與靈魂

河合隼雄—著
河合俊雄—編
林暉鈞—譯

河合隼雄·孩子與幻想系列

目錄

河合隼雄・孩子與幻想系列 發刊詞／河合俊雄 007
〈推薦序1〉「這其實是心理醫生的診療手記……」／游珮芸 011
〈推薦序2〉對 reality 的體驗／蔡怡佳 018
兒童文學與靈魂／河合隼雄 024
為什麼要讀孩子的書？ 042
第一章 埃里希・凱斯特納《飛行教室》 065
第二章 菲利帕・皮亞斯《夢幻中的小狗》 089

第三章 瓊安・羅賓森《回憶中的瑪妮》 115
第四章 今江祥智《小少爺》《哥哥》《我們的阿母》 139
第五章 彼德・赫爾德林《曾經有個叫希貝爾的孩子》 167
第六章 阿思緹・林格倫《長襪皮皮》《長襪皮皮出海去》《長襪皮皮到南島》 191
第七章 如玫・高登《老鼠太太》 217
第八章 長新太《堆啊堆啊 喵～》等 241
第九章 佐野洋子《我還是妹妹的時候》 267

〔解題〕閱讀孩子的書 295
〔解說〕聚焦「靈魂」的視點，閱讀「孩子的書」／石井睦美 297
〔附錄〕延伸閱讀 305

「河合隼雄・孩子與幻想系列」發刊詞

河合俊雄

這一個系列收集了父親河合隼雄以「孩子」與「幻想」為主題所寫的書，作為「心理治療」系列的延續。

對於心理治療師河合隼雄來說，「孩子」當然是一個重要的主題。在蘇黎世取得榮格分析師的資格，於一九六五年回國之後，首先面對的就是不願上學的孩子們。其中一位少年敘述一個「肉的漩渦」的夢，促使他超越個別的母子關係，開始思考日本普遍的母性所具有的力量與破壞性。這也顯示了「孩子」這個主題的重要性與廣度。在這個系列的《孩子與惡》、《轉大人的辛苦》兩本書當中，河合隼雄針對他透過心理治療所看到的孩子問題，以及孩子存在的本質，作了深刻的思考。

不過，這個系列的另三本書《故事裡的不可思議》、《閱讀孩子的書》、《閱讀奇幻文學》（書名暫譯），主要的內容是河合隼雄對於被概稱為「兒童文學」的各種作品，所進行的閱讀與解釋。河合隼雄一再強調，所謂的兒童文學，不只是寫給兒童看的。兒童文學也適合大人閱讀，而且它遠比凝聚了複雜寫作技巧的文藝作品，更能夠碰觸到「靈魂的真實」。就像古老的諺語「七歲以前是神的孩子」所說的，孩子接近神，也接近靈魂。按照河合隼雄的說法，對孩子來說，現實的多層性以幻想小說的形式，比較容易顯現其樣貌。「孩子清澈的目光，比大人渾濁的眼睛」更容易看到靈魂的真實。在這個意義下，所謂的「孩子」並不是一種對象，而是一種視點、一種主體。而河合隼雄在《閱讀孩子的書》的導言〈為什麼要讀孩子的書？〉中關於該問題的的說明——「閱讀童書，和心理治療中與個案的面談，有相通之處」，也就更具說服力。

從以上的描述我們不難看出，「孩子」對河合隼雄來說，確實是非常重要的主題。他有許多本書以「孩子」為標題，其他的著作也大多與孩子有關。在這個意義下，我認為「孩子與幻想」系列將這個主題下的數本著作集合在一起，以平易近人的文庫本[1]形式重新出版，意義重大。不過，有關這個主題非常重要的《孩子的宇宙》一書，因為已經以新書版[2]的形式出版，並沒有收錄在本系列之中。此外，系列中的《轉大人的辛苦》以及《青春的夢與遊戲》二書，除了孩子的主題之外，還探討了青年期的問題。

今年，我們即將迎接河合隼雄的七回忌[3]。希望本系列叢書的發行，能夠成為對故人的一種紀念。系列中的部分著作，當初並非由岩波書店發行初

1 譯註：文庫本是日本出版界通行的一種叢書規格，A6 規格，大小約為 148×105mm，多為平裝。售價低廉、攜帶方便，以普及為目的，故主要為經典名著、以及其他重要書籍的再版。（台灣心靈工坊出版的本系列中譯本，因應國人閱讀習慣，並未沿用文庫本規格。）

2 譯註：新書是日本出版界通行的另一種叢書規格，大小約為 173×105mm。相對於文庫本，新書多半是新的著作。

3 譯註：七回忌是日本佛教傳統中，悼念往生者的重要法事之一，於歿後六年舉行。

版，有關這些部分版權的讓渡，非常感謝講談社的理解。此外，對於在百忙之中爽快地允諾為此系列撰寫導讀的各位先進，以及為此系列的企畫、校訂付出許多心力的岩波書店的佐藤司先生，謹在此致上我衷心的感謝。（林暉鈞譯）

二〇一三年五月吉日

河合俊雄

〈推薦序1〉

「這其實是心理醫生的診療手記……」

游珮芸／國立台東大學兒童文學研究所副教授

請容許我先說一段二十年前的往事。

一九九六年十二月十八日，還記得那一天，當時住在京都的我，搭著公車上山，到了位於西京區半山腰的國際日本文化研究中心，拜訪當時研究中心的所長河合隼雄。一下車，京都十二月的刺骨寒風襲來，但我卻精神異常抖擻。因為，就要見到景仰的河合老師了……。到了所長室，向秘書說明來意，卻被擋在門外。「所長沒有這個行程，而且這個時間有其他約見的來客。」原來，我幾天前打電話到所長室時，秘書剛好不在，河合老師親自接了電話，一口答應了我的造訪，然而，秘書並不知情，所以同個時段已經替所長安排了其他訪客。

在所長室內的河合老師知道後，馬上向秘書道歉，然後交代，請另一位訪客稍候半小時，他要先跟我見個面。我帶著指導教授本田和子的推薦信，進入寬敞明亮的所長室，那裡有一整面原木書櫃的書牆。

那年九月底我剛拿到博士學位，因為結婚，從東京搬到京都。指導教授給了我五封推薦函，可以拿去應徵工作和「拜碼頭」用。河合老師正是京都在地的「大碼頭」。

河合老師先是笑盈盈地歡迎我，並問候我的指導教授，然後跟我聊了一下我的研究內容。他當場幫我打了兩通電話，一通聯繫與我領域比較相近的國際日本文化研究中心的教授，讓我參加在研究中心裡舉辦的每月研究會。另一通打給住在京都的兒童文學作家、也是河合老師的好友今江祥智先生，介紹我去拜訪他。

臨走前，河合老師走到書牆，打開書櫃，挑了一本書送我——《子どもの本を読む》（閱讀孩子的書）。是的，正是各位手上這本書的日文版。河合老師一邊幫我簽名，一邊笑道：「妳知道嗎？我雖然不是兒童文學的學者或作家，卻是兒童文學界的好朋友，日本兒童文學界可能得頒個『最佳推廣人』獎給我喲！」這聽起來俏皮的玩笑話，卻是如假包換的事實。

在日本留學的一九九〇年代，我常驚嘆不是專攻兒童文學的大人們，也時與組讀書會閱讀童書，不論是繪本、童話或是青少年小說……，日本的童書市場擁有許多成人讀者。這絕大部分的功勞，的確要歸功於跨界的領航者——知名榮格心理學家與臨床心理師的河合隼雄。

河合老師一九六五年在瑞士取得了榮格心理學分析師的資格，一九六七年在日本出版了《榮格心理學入門的專書》，一九六九年出版《箱庭療法入門》，是日本心理分析治療領域的先河。然而，河合老師不僅從西方帶回理論與實踐的方法，也運用這些方法探究日本民族的集體無意識與深層心理，陸續出版了《母性社會日本的病理》（一九七六）、《昔話的深層》（一九七七）、《日本人的傳說與心靈》（一九八二，編按：本書中文版由心靈工坊出版）、《日本人與自我認同心理療法家之發想》（一九八四）等書。河合老師一邊在京都大學教書，一邊從事臨床心理師的工作，且不斷出版研究成果，應邀四處演講，逐漸成為走出學術高塔，日本知識界親民的「文化人」。日本一般自詡為「知青」的人，書架上一定會有河合老師的書。已然成為「知識巨人」的河合老師，從一九八一年開始，與日本兒童文學界的人士共同創辦了兒童文學季刊《飛行教室》，開始連載「閱讀孩子的書」為題的專欄，並且熱心到各地與兒童文學作家對談、演講，引發了「大人也要讀童書」的漣漪效應。日本的兒童文學界的確應該頒給河合老師一座「特殊貢獻獎」！而本書就是集結粹選於「閱讀孩子的書」的專欄文章。

私心期盼《閱讀孩子的書：兒童文學與靈魂》在台灣的翻譯出版，能夠誘發更多跨界的讀者來閱讀兒童文學作品。雖然這本書中論及的作品，有幾部在國內並沒有出版，或是已經絕版。然而，河合老師的文風淡雅，論理清晰、行文淺顯易懂，既不賣弄修辭、也不喜炫耀學問吊書袋；就算沒有閱讀過書中提到的作品，也能進入河合老師分析的世界裡。不過，我也必須強調，雖然河合老師解析的是兒童文學，但本書卻不是典型的文學導讀，其實更像視角獨特的心理醫生私密診療手記。

作為一位執業多年、閱歷豐富的臨床心理醫生，河合老師在閱讀這九部作品時，不像一般文學評論者，從作品「外部」入手，也就是除了作品本身，還要顧及作者經歷、文學理論和兒童文學的歷史；而是直接由「內部」切入，進入書中主角內心、體察角色的心境、再反芻自身的內在映照。那歷程，和他做個案的心理分析治療是相同的。他說：「面對這些作品時，就像面對前來求助的每一個案，會經歷『動搖自己存在』的體驗。」經由這些體驗，他會一點、一點地了解「靈魂」；每部作品主人翁的處境、心情，雖然不同，但一旦認識其獨特性，便會引導我們走向普遍性。

作為讀者，我們彷彿和河合老師一同坐在沙發後頭，聆聽每一位個案的心聲；經由他的引導，抽絲剝繭，一步步進入他者的生命底層，「動搖自己的存在」。

在挑選這些作品作為解析對象時，一個重要的關注焦點是「靈魂」，那是一個統合身、心的真實存有。儘管看似飄忽不定、難以觸及，其作用卻顯明可見。這個觀點，透過書中引介英國兒童文學家如玫．高登的童話《老鼠太太》，闡釋得十分清楚。

身材嬌小的老鼠太太，和丈夫及一大群孩子居住在芭芭拉女士的屋子裡，生活美滿、衣食無缺。但是不知怎麼的，她一直「想要某種自己所沒有的東西」，卻因不知那是什麼，而深感困擾。她的困擾，直到遇見不慎落難、被人類禁錮牢籠的山鴿，才得以紓解。透過山鴿的描述，她開始了解天空、山林、以及「外面那個世界」，到底是怎麼回事；並在出手拯救山鴿、親眼目睹其展翅消逝後，明瞭「飛翔」的意義。故事最精彩的部分，在於她把山鴿的經驗完全「內化了」。以至於到最後，即使年老力衰，連路都走不好，仍贏得孫兒們無比的尊敬。儘管外表顯現不出來，其他的老鼠總覺得老鼠太太「不知道哪裡，就是不一樣！」

「那是因為，」河合老師結論道：「她知道了一些其他老鼠所不知道的事情。」無疑的，那是屬於「靈魂」的事情。

《老鼠太太》本身，插畫生動、文字優美、情節感人，本已觸動人心。

但是經由河合老師的解析、引領後，讀者更有機會進入故事主角——老鼠太太的靈魂深處，體會她的困惑、焦慮、探索、沉潛、到豁然得解的過程。不僅看到熱鬧，也看懂門道。至此，我們終於明白，為什麼要如河合老師所說，以新鮮眼光，重新閱讀童書。因為好的童書，不只是大人為孩子所寫，而且是那些未曾失去「孩子之眼」光芒的大人，為自己所寫。

時隔二十年再重讀本書，不禁憶起河合老師那溫暖、盈盈的笑臉……。感謝河合老師用心規劃、細心導覽，引領我們一同進入童書的祕境，透視故事中展現的光芒，了解主角人物的「另一個世界」、進而搖動自己的「靈魂」。因而得知，「其他老鼠」所不知道的事情……。

〔推薦序2〕

對reality的體驗

蔡怡佳／輔仁大學宗教學系副教授

佛洛伊德（Sigmund Freud）在《一個幻覺的未來》中，提出「現實教育」（education to reality）這樣的概念，以標示個體直面現實、接納現實的自我教育的能力。對佛洛伊德來說，直面現實意味著從孩童式之自我中心的「幻覺」狀態離開，接納不以自我慾望為中心的現實世界；心理的成熟就是與現實共處的能力。佛洛伊德並不是單方面地否定「幻覺」的意義，而是指出個體邁向成熟的過程中，認識「幻覺」之力量的重要性。溫尼考特（Donald Winnicott）在《遊戲與現實》中提出遊戲與幻想的能力對個體適應現實的重要性，在「幻覺」與「現實」辯證的軸線上，提出了第三地帶。第三地帶介於內部與外部現實之間，非此、非彼，卻是協助嬰兒逐漸認識與接納現實重要的所在，以遊戲與想像的能力為其特徵。從這個意義上來說，幻覺並不一定是與現實對立、只滿足個體孩童式願望的不成熟表現，反而是帶領個體接觸現實的重要中介。兒童文學中那些能夠針對幻想世界提出精采故事的傑作，也可以在這個脈絡下，理解為一種「現實教育」：不只是拆解幻覺、而是認識到幻覺的力量，進而豐厚現實的教育。在河合隼雄這本討論兒童文學的書中，「現實教育」又可以更進一步理解成「為了加深對現實體驗的能力而開展的教育」。

對河合隼雄來說，閱讀童書與心理治療的工作有無法切斷的關係。身為分析師，他認為心理治療最重要的任務就是提供一個環境，讓前來尋求協助的人，以及自己的靈魂，可以發揮最大的能力。榮格（Carl Jung）將宗教、神話與象徵的理解視為分析師訓練的重要環節，因為這些認識是理解求助者內在心靈的重要途徑。河合隼雄在這本書中也將兒童文學當中的傑作理解為靈魂的書寫。兒童文學忠實地陳述孩子眼中所看見的、和靈魂有深深關聯的現實。閱讀兒童文學，也就成為接近靈魂、理解靈魂的工作。

什麼是靈魂呢？靈魂無法直接說明，在這本書中，我認為河合隼雄是從對於 reality 的體驗這個角度來理解靈魂。Reality 同時包含了內在現實與外在現實，兩者都是 reality，都一樣重要：「只有在兩者的相互作用下，我們對 reality 的體驗才能日益深化」。河合隼雄討論的這些作品中，孩子們都經歷過非常深刻的、對於內部現實的體驗。透過河合隼雄精準而深刻的分析，我們看到，這些對於靈魂國度的體驗並不是一種單向的前進，失去了與現實的聯繫。相反地，一旦這些內在體驗開始啟動時，外部現實也跟著變得真切、實在：光與暗浮現、失與得共存、部分與整體互映，直視現實與戲耍於幻想之間獲得奇妙的平衡。當心靈的多層性被真實體驗時，外部現實的單面性開始被打破，現實的多層性也隨之開展。這種現實的多層性在接觸靈魂後的開展，也就是我認為河合隼雄所提出的「現實教育」。

河合隼雄說，自己是容易掉淚的人，常常在讀著這些童書時，就感到熱淚盈眶。閱讀著他對這些兒童文學的分析時，我也時常感到熱淚盈眶，覺得自己可以深深地感受到他閱讀著這些作品時內心的激動。他說：「閱讀兒童文學的傑作，可以感覺心靈受到洗滌，受到安慰，有時甚至能得到活下去的勇氣。」對我來說，真是非常確切而實在的說法！我很喜歡閱讀童書，但不知道為什麼；不認為自己是為了放鬆休閒、為了逃避現實，或只是為了重溫孩提時代透過閱讀得到的充實感。閱讀這本書後，心中開始有了明白。當年我在書店看到《長襪皮皮》中譯本的套書時，我的孩子七歲，我買了一套送他，自己也跟著讀。我把當時隨書附贈，製作成像明信片那樣的卡片，貼在我工作地方的門上，那是皮皮神氣地舉起一匹馬的圖片。讀到河合隼雄將皮皮詮釋為徹底的內界居民、永恆的女神時，我不禁會心一笑。原來我八年多來，每次打開門進入工作的房間之前，所看到的那個力大無比的女孩，是這樣滿載著想像世界的智慧與女神的力量。冥冥之中，我是否也得到這些力量的支持，才有辦法在現實世界中，生活下去呢？在宗教心理學的課程中，講到超個人心理學所意圖勾勒的靈性時，我也要借助許多兒童繪本的幫忙，才能把「對超越的體認、生活的意義與目的、生命的神聖性、對痛苦的認識、靈性生命的開展」等等這些很難被清楚界定與說明的概念，用故事的方式轉成可以被體驗的真實。當河合隼雄指出兒童文學與靈魂的深切關聯時，我求助於兒童繪本的教學也就不再那麼奇怪。

早就被童書教育著的我，認為童書有著不可取代的價值的我，在河合隼雄的書中，得到了更多的明白。大人們所自以為理解的現實、拼命維護的現實，並不是對外在現實真正的愛。河合隼雄透過《夢幻中的小狗》中的班而看到，只有對內在現實非常深刻地體驗過的人，才能產生對外在現實的愛。班是一個十歲的少年，日夜期盼得到一隻又大又威風的狗，做為他的生日禮物。他想像著德國狼犬、大丹犬、英國獒犬、獵犬，不知道要怎麼決定才好。當班的心思最後落在蘇俄獵狼犬身上時，躍進他生命的，卻是非常特別，得閉上眼睛，才能看得見的小狗。小狗在故事的後面也不見了，卻開始，或者說，才開始住在班的心中，在班的心中永遠活下去：「成為少年的支柱，讓他能夠以一個個人的身分，生存下去。」透過河合隼雄的閱讀與分析，我也和這些兒童文學作品中的孩子一樣，經驗了靈魂國度的真實。現實因為這些體驗所煥發出來的光，微小地像班那隻看不見的小狗一樣，得閉上眼睛，才看得見；當失去時，才得到了永恆的居所。

兒童文學與靈魂

河合隼雄

兒童時代

小時候，我是個愛看書的小孩。我生長在「丹波篠山」1——在那時候幾乎是「鄉下」的代名詞——這個地方，一般來說小孩子是不怎麼看書的。雖然我們家每個月都會固定購買《少年俱樂部》雜誌，但是像我們這樣的家庭很少。我的父親是位牙醫師，在篠山市應該算是一個「知識份子」吧！還有一件事應該也是當時少有的，那就是我們家擁有全套アルス（ARS）出版社的「日本兒童文庫」。然而，因為父親認為「小孩子應該活潑地在戶外玩耍」，我家有一條規矩：小學生除了星期六以外，不可以閱讀教科書以外的書籍（不過升上中學以後就可以有相當的自主性）。

四年級的時候，因為母親在一旁幫忙求情，我們得到父親的許可，只要做完學校的功課，星期天也可以看書。因此我珍惜所有閒暇，把時間都拿來閱讀。這時候發生了一件事，讓我在星期六、日之外，也有看書的好機會。我因為生病而向學校請了長假，後來雖然差不多痊癒了，父母親為了慎重起見，還是讓我在家休息。我已經恢復精神，又沒事可做，於是原本就不反對我看書的母親，就違反了父親的規定，破例讓我盡情地看書。哥哥弟弟都上學去了，我可以獨佔母親，母親也比平常更溫柔，再加上可以看自己喜歡的書——我到現在都還記得那段生病的時間，那種無可言喻的快樂。當時有一種「腺病質」的說法，形容體弱多病的小孩，我正是那種典型。一方面因為病弱而覺得丟臉，另一方面又好像享有某種特權而感到高興，我兩種滋味都嚐到了。

哥哥們把讀過的《少年俱樂部》連載的部分剪下來給我，幫我裝訂成

1 譯註：篠山市位於日本兵庫縣中東部，古時候屬於丹波國地區，故名。

「書」。多虧了他們，我得以閱讀山中峰太郎、高垣眸、佐佐木邦等人的**傑作**。但一方面因為是拼裝的書，同時也受到哥哥們批評的影響，很可惜當時我並不特別覺得《少年俱樂部》的連載有趣。儘管如此，我還是很喜歡佐佐木邦的〈隔壁的英雄〉。就在那時候，《少年俱樂部》開始連載〈杜立德醫生的船旅〉（*Doctor Dolittle*，台灣譯為《杜立德醫生非洲歷險記》）。這部作品和我以前讀過的故事都不一樣，散發出特別的氣氛，讓我大為感動。

我還記得當時連載的標題是〈杜立德醫生的船旅〉（後來以日文版《杜立德醫生航海記》為標題出版了單行本），刊印在黃色的紙面上，很容易辨認。所以每次我一拿到《少年俱樂部》，第一件事就是翻開〈杜立德醫生的船旅〉閱讀。哥哥們也都喜歡〈杜立德醫生的船旅〉。杜立德醫生認識一位名叫「史塔賓斯」（Stubbins）的少年，總是以對等的態度與他相處，讀到這些地方總是讓我欣喜異常。書中那些高尚的幽默也深深地吸引我。

除了《杜立德醫生航海記》，孩童時代讓我難以忘懷的閱讀經驗，還有凱斯特納（Erich Kästner, 1899-1974）的《小不點與安東》（*Pünktchen und*

Anton）。當時有「世界少年少女文學全集」這樣一套叢書，我家只有其中的一冊，第一篇是吉卜林（Joseph Rudyard Kipling, 1865-1936）的《里奇－第奇－塔維》（*Rikki-Tikki-Tavi*），接下來是托爾斯泰的寓言，最後就是《小不點與安東》。我的心完全被凱斯特納的幽默奪走了。和令人「血脈賁張」的少年俱樂部不同，一種說不出的西洋風與時髦感，讓我無法抗拒。

托爾斯泰的寓言裡有一些句子，比如「人為了什麼活在這世上？」、「有愛的地方就有神」等等，在我心中留下了深刻的影響。雖然還是個小孩子，當時我心裡已經產生疑問——為什麼西方的作品比日本的作品，帶給我更深的感動呢？我感覺到這些作品影響我的層次是不同的。從那時候開始，我就對西方產生了強烈的憧憬。

大概在升上小學五年級的時候，我開始從圖書館借閱《巖窟王》[2]、《三

2　譯註：《巖窟王》是日本作家黑岩淚香（1862-1920）根據大仲馬的《基度山恩仇記》所改寫的小說。

劍客》之類的小說。我還記得曾經在半夜閱讀《鐵面人》，被書中挖掘墳墓的場景嚇得睡不著覺。升上國中以後，得知《巖窟王》是兩巨冊《基度山恩仇記》的簡要版，一股難以克制的衝動，讓我廢寢忘食地閱讀原著。那段時間的狂熱讓我不管看到什麼都聯想到「基度山」，兄弟們甚至嘲諷我是「基度山黨人」。

國中一年級的時候，日本與美國之間爆發戰爭。雖然每當日本戰勝，我就欣喜若狂，另一方面卻也對於日本和誕生《杜立德醫生》、《基度山恩仇記》的國家作戰，心裡感覺遺憾。當時雖然流行「鬼畜英美」的說法，但我總是無法認為所有敵國的人都是「鬼」。我夢想著總有一天要到歐洲去，可是也覺得對自己來說，那是不可能的事。

與兒童文學家的交流

我和童書的淵源，不幸在國中時代斷絕了。復活的契機，是因為我的孩子開始看書。我分冊購買《杜立德醫生》系列以及凱斯特納的作品，最後集合成完整的全集。這期間我和孩子一起讀這些書，越來越加深我對兒童文學的愛好，也開始認識新的作家。

出版《如影隨形：影子現象學》（『影の現象学』）之後，我認識了勒瑰恩（Ursula Kroeber Le Guin, 1929-）這位作家，以及她了不起的傑作《地海巫師》（地海六部曲 I）（*A Wizard of Earthsea—Earthsea Cycle I*）[3]，一讀之下大受吸引。從此我迫不及待地等候續集問世，陸續讀完了全六冊。我認為這套書所講述的是「自我實現」這件事，於是在岩波書店主辦的市民講座上，以這套書作為演講的題材。也因為這個機會，認識了今江祥智與上野瞭兩位兒童文學作家。這段經過我曾經在其他場合敍述過（『河合隼雄著作集6「序説」』）。

3　譯註：《地海巫師》描述一位天賦異稟的少年「格得」，和自己的影子戰鬥的故事，日文版的書名為：『影との戦い　ゲド戦記Ⅰ』。

日本人通常有很強的領域防衛意識，不喜歡其他領域的人侵入自己的範圍，因此有一段時間我很謹慎，不發表任何有關兒童文學的意見。但後來我發現，兒童文學世界的人完全沒有這種防衛意識，更進而接二連三認識了很多日本兒童文學的評論家與作家，從他們身上學到許多東西。如今回想起來，這樣的幸運有很大部分來自今江祥智先生種種周到的設想，真的要衷心感謝他。先不說別的，那時候有人告訴我，關於兒童文學我的知識太過老舊，應該要閱讀一些新的作品。當時今江先生所任教的「聖母女子學院短期大學」，由「兒童文化研究室」發行了《兒童文學》這份期刊，每一期都有今江祥智、上野瞭、灰谷健次郎所推薦的書單，還附有適當的解說。我就根據這份書單，一點一點地讀下去。

和小時候不同的是，如今我不再是「書蟲」，讀書的時間也很少。看到想讀的書就先買下來，乘坐交通工具的時候，手上有什麼就讀什麼。麻煩的是，我本來就是容易掉淚的體質，偏偏兒童文學中賺人熱淚的場面特別多，經常在電車裡止不住眼淚而尷尬不已。讀完今江先生的《小少爺》（『ぼんぽん』）我才認識到，原來日本是有兒童文學的，而且和我小時候所知道的《快傑黑頭巾》之類的作品，很不一樣。我之所以對兒童文學有興趣，並不是因為它是「孩子的讀物」。當然，作為孩子的讀物，兒童文學有它的實用性。但我之所以關心兒童文學，是因為它不論對大人或對孩子來說，都非常重要。

一九八一年季刊《飛行教室》發刊了。儘管我是兒童文學的門外漢，但是在今江先生的舉薦下，我加入了石森延男、今江祥智、尾崎秀樹、栗原一登、阪田寬夫等人，成了編輯陣容之一。過去我來往的多半是所謂的學者，能夠像這樣和從事創作的人來往，對我來說真的是非常快樂的事。我也認識了乾富子[4]女士，曾經在她的邀請下，到她主持的「慕西卡文庫」（ムーシカ

4　譯註：乾富子（1924-2002）日本兒童文學作家。以本名的平假名「いぬいとみこ」作為筆名。曾經創立以兒童為對象的小型圖書館「ムーシカ文庫」。

文庫）[5]演講。現在我一方面實在太忙，另一方面又意識到演講的害處，所以刻意盡量不接受演講的邀約，但是在一九八〇年代初期，我和兒童文學相關人士往來甚歡，經常不知天高地厚地出席各種演講會或研習會。

因為到處露面，我得以認識了灰谷健次郎、長新太、佐野洋子、神澤利子、工藤直子、清水真砂子等兒童文學家，還有谷川俊太郎、鶴見俊輔、森毅等等令人愉快的人們（雖然這幾位不能算是兒童文學家）。因為從事心理治療，「靈魂」對我來說，是非常重要的事，不過在心理學家的同僚之間，談到這個話題必須極度謹慎。但是和兒童文學世界的人在一起，我可以直話直說，不用瞻前顧後，而且這裡的人們，可以很自然地談論他們對於靈魂的思考與認識，就像在敘述日常生活的事一樣，所以和他們談話非常愉快。

記得應該是一九八〇年代初，我接受福音館書店社長松居直先生邀請，到JBBY（日本國際兒童圖書評議會）演說。我談的是當時一般人還不熟悉的「瀕死經驗」（near-death experience），並且嘗試從這個觀點解讀宮澤賢治的《銀河鐵道》。本來自覺有點冒險，結果聽眾的反應很好，讓我非常高興。那時候有一位聽眾表示聽了我的演說「身體顫抖，不知所措」，使我印象深刻。我感覺得到他們真心的理解。像宮澤賢治這樣的名作，具有某種能夠影響我們的力量，而且其作用超出一般所謂「心」的領域。正因為如此，我才會刻意使用「靈魂」這樣的字眼。總之——稍後我還會提及——接觸這些兒童文學名著、和兒童文學家們交往，在相當大的程度上，促進了我身為心理治療師的成長，我心裡充滿感謝。

「閱讀」作品

從《飛行教室》創刊開始，我就以「閱讀孩子的書」為題發表連載，每

5 譯註：這裡「文庫」的意思是專業或專題的圖書收藏，可以是大型圖書館、博物館、美術館中的某一收藏室，也可以是獨立的小型圖書館。和出版品的「文庫版」意義不同，請讀者注意。

一期討論一本兒童文學的名作。這個系列沒有處理奇幻文學的作品，於是接著「閱讀孩子的書」之後，我繼續在《飛行教室》連載「閱讀奇幻文學」系列。這兩個系列的文章就收錄在本叢書之中（雖然礙於篇幅，有一些文章不得不割愛）。

我重新讀一遍過去讓我感動的書，同時也參考別人推薦的書單，每次從中選出一本來討論。選書的方面並沒有什麼客觀的標準，完全是我個人主觀的喜好。不管怎麼說，我認為「這個我喜歡！」的感覺是最重要的。只要真心喜歡，有時候就好像筆自己動起來一樣，每一篇都是一氣呵成，經常在寫作的過程中，自己也興奮了起來。

因為這個緣故，這些文章和一般的書評或作品論不同。簡單來說，我不是從「外部」，而是從「內部」閱讀這些作品，察覺自己內心對這些作品的反應，原封不動地寫下來。從「外部」閱讀作品，不只要認識作品本身，還要了解作者的經歷，對兒童文學的歷史也必須有相當的知識，總之需要許多的準備。從「內部」閱讀則不需要任何準備，而是要全心潛入作品之中，盡最大可能與作品中的人物共享相同的經驗。這樣做需要另一個自己，從外部觀察「正在感受這些經驗的自己」。只不過在兩個「自己」之間，必須保持極微妙的平衡，如果傾向任何一邊，就無法順利進行。話雖如此，若是一開始就掛心平衡的事，是沒有辦法潛入作品之中的。

「不需要任何準備」聽起來好像很輕鬆，其實潛入作品內部所耗費的精神與體力，並不亞於外在的準備所需。仔細想想，這可以說和我從事心理治療所做的，是同樣的事情。眼前不論是人或作品，我都是以一對一的方式，全心全意地面對。只有一點是不同的——以這種態度所接觸到的人，沒有任何一個是「無趣」的，但有時候的確會遇到無趣的作品。這是傷腦筋的地方。

閱讀兒童文學的傑作，可以感覺心靈受到洗滌，受到安慰，有時甚至能得到活下去的勇氣。在這本書裡我所揀選的，全部都是這樣的作品。或許有人會嫌我多事——我已經有這樣的心理準備——但是我想跟所有的人說，「不讀這樣的書，是你人生的損失」。要是有人告訴我，因為讀了我所寫的，有關兒童文學的書，進而閱讀原作，那就真的是太高興了。

在尋找「非討論不可」的書的過程中，我發現找到的日本作品很少。如果選擇的標準是我「喜歡」的書，再怎麼看都是外國的作品比較多。「並不是那麼喜歡，只因為是日本的作品，所以拿來當作題材」——這樣的事我做不到。如果不是真的喜歡，是無法下筆的。所以當我讀到長新太先生的《堆啊堆啊　喵～》（『つみつみニャー』）的時候，真的很高興，選了幾本長新太先生的繪本，合併在一個單元裡討論。如果我們把討論的領域延伸到繪本去，我覺得有很多作品，和國外的作品比較起來毫不遜色。日本在繪本方面，有相當高的水準。

至於在奇幻文學方面，很遺憾地，我選的全部都是外國作品。不過，我在〈為什麼要讀奇幻文學？〉這一篇序論裡，倒是探討了多部日本人的短篇作品。這顯示了一個現象：雖然日本人的短篇奇幻文學中，有許多光芒耀眼的好作品，但是道地的長篇奇幻文學傑作，卻付之闕如。關於這一點，我有一些看法。

清楚地劃分人類意識與無意識的界線，強調明確意識的自主性，是西方近代的特徵。在近代以前，意識與無意識的區別是模糊的，外在現實與幻想的分界也不清楚。舉例來說，當我們閱讀日本中世紀傳說故事集時，到哪裡為止是現實、哪些部分是幻想——以我們現在所使用的意義來說——是無法分辨的。換句話說，可以想見對古時候的人而言，這些全部都是「現實」。相對地，當意識明確化，人們開始以明確的意識理解外在現實的時候，幻想文學的形態也與之相應而完備地發展。

要正式討論這個問題需要長大的篇幅，我們暫且打住。不過，反過來思考自己就會發現，實在很難說我們和西方人擁有同樣的自我意識——話說回來，我並不認為我們應該變得和西方人一樣——所以也不容易產生西方人創作的那種規模龐大的幻想作品。不過，這個世界不斷急速改變，或許將來日本也會出現有趣的奇幻文學也說不定。讓我們期待今後的發展。

身為心理治療師

我的本業是心理治療師。因此，像這樣閱讀孩子的書，極端一點的狀況下，會被視為打發時間；比較能夠理解這份工作的人，也會認為我們真正的目的是了解孩子的心，讀孩子的書只是一種手段。但事實上對我來說，閱讀孩子的書和我作為心理治療師的職業之間，有著無法切斷的關係。

心理治療師這個職業，到底在做些什麼事？一般認為，我們的工作是減輕、解決人們的煩惱與痛苦。身為心理治療師，當然必須對這一點有所認識，但實際開始做這個工作就會知道，事情不是那麼簡單。如果把心和身體分開，分別思考它們的結構，我們會覺得心的構造，在相當程度上是可以理解的，而且運用這方面的知識幫助別人，也是可能的。但如果只是這樣做，並沒有太大意義。

思考結構或系統，當然是必要的；但因為人並非機器，光是從這些方面思考，不可能對人有全面的了解。人是有「生命」的；就算我們對心與身體的構造有再多的了解，也很難真正貼近人的「存在」。假設有某種東西，能夠將心與身體統合成一個整體，讓人成為有生命的存在，讓我們稱它為「靈魂」。雖然這樣的說法好像是畫蛇添足、多此一舉，但是說得明白一點，我們必須有所覺悟——「人」這種東西，從來沒有人真正了解過。我說「人有靈魂」，想表達的就是這一點。而且我們應該努力，盡可能地去了解人的「靈魂」。

才剛說完「從來沒有人真正了解過」，馬上接著說「努力去了解」，的確是互相矛盾的。但我覺得只有包容許許多多這樣的矛盾，才能夠透過親身的經驗，稍微「了解」靈魂的事。為了這個目的，我們必須讓難以理解的「靈魂」顯現為看得到、聽得見的事物。那些覺得這種事不可能發生的人，我希望他們去看看孩子的書。對某個少年，它顯現為「夢幻中的小狗」；對另一位少女來說，則是「回憶中的瑪妮」。透過這些作品我們可以具體了解，這種小狗或少女的意象，對於當事人的成長與復原，扮演了重要的角色。

我認為心理治療師最重要的任務，就是提供一個環境，讓前來尋求協助的人，以及自己的靈魂，可以發揮最大的能力。然而，這樣做是一件困難而充滿危險的事。在本書探討的幾部作品中，有幾位主人翁真的經歷了生死關頭。正因為我們從事的是如此危險的工作，認識、了解有關靈魂的事情，對心理治療師來說是絕對必要的。

那麼，為什麼兒童文學適合作為談論靈魂的題材？因為大人總是被這世上的體系與結構——也就是所謂的「常識」——所綑綁，不容易看到靈魂，而孩子的眼睛卻能夠率直地注視著「靈魂的現實」。兒童文學忠實地陳述孩子眼中所看見的現實，所以和靈魂有深深的關聯。大人的文學就算想要描述靈魂，卻因為不得不顧慮大人之間的許多「規則」，總是變得很複雜、很含糊。

因為有這樣的想法，所以我把兒童文學，當成心理治療師必讀的書來閱讀。既不是為了打發時間，也不是要發展第二專長。「認識靈魂」並不是一種知性的作業；它需要投入自己全部的存在。我面對這些作品，就像面對前來尋求幫助的個案一樣，經歷足以動搖自己存在的體驗。經由這樣的體驗，才有可能一點一點地「了解」靈魂。每一個作品都是極為不同、特別的，但如果我們能夠認識到它的個別性，它將引導我們走向普遍性。這和將心理學一般的規則「套用」到作品之上，藉以「解釋」作品，是完全不同的作業。

最近我又有了一個機會，得以重新閱讀今江祥智先生的《牧歌》，發現了一些非常要緊的重點，先前自己竟然沒有注意到，不禁愕然。毫無疑問地，本書所討論的這些作品，一定還有許多新的解讀方式。從今以後，我也將為了加深自己體驗的深度，而繼續努力。

為什麼要讀孩子的書？

最近，雖然關心兒童文學的成人大幅增加，但是當我告訴別人自己正在閱讀童書的時候，還是時常招來怪異的眼神。有的人問我：「是為了了解孩子們的想法嗎？」大概他們覺得，我從事心理治療師的行業，有時候需要為兒童治療，因此閱讀孩子的書作為參考，以了解孩子的想法吧。的確，心理治療和閱讀童書有密切的關聯，但我認為其關聯遠比「了解孩子的想法」更為直接。心理治療也好，孩子的書也好，都和我們「生存在這個世界上」這件事的本質息息相關；以這一點來說，它們是緊緊結合、不可分離的。

也許有人會說，文學與哲學都論及生存的本質，何必特地去讀孩子的書呢？況且那麼孩子氣的東西，跟大人的生存有什麼關係呢？但是，所謂「孩子氣」這種想法，正是問題所在。大人覺得小孩是「孩子氣」的。而且，他們認為那些「孩子氣」的大人，不足信賴、不值一提。然而，「大人」與「小孩」可以用這麼簡單的方式去認定嗎？到底什麼是「小孩」？我認為我們必須更深入思考這些問題。讓我們在考慮這些事的同時，探討閱讀童書的意義。

現代與孩子

在我們這個時代，孩子的問題經常充斥新聞媒體版面。雖然孩子自殺的問題不像前一陣子那麼嚴重了，但是拒學與家庭暴力[1]的情形卻似乎沒有減

1 譯註：台灣一般所說的家庭暴力，通常是指家庭中的成人對小孩、男性對女性的暴力，但作者在這裡所說的是青少年對家中其他成員（主要是父母）施暴。這是日本社會一個特殊的現象。

少的趨勢。除了這些以外，現代孩子的問題還有一個特徵：不論什麼樣的家庭，即使是十分平常的家庭，都有發生這些問題的可能性。事實上，當我們（治療師）與那些為了孩子的問題前來商談的父母見面，在一般的意義下，大部分的情況很難說出這些父母有什麼地方「不好」。當然，真的要反省的話，任何人都有值得反省的地方；但是發生問題的家庭，和其他的家庭或親子關係比較起來，並沒有什麼特別奇怪的地方。然而，要是問起那些對家人施暴的孩子，他們總是回答「錯在父母」，所以自己才會產生那些暴力行為。透過報紙的報導，相信大家都很清楚，這些家庭暴力有時候甚至會嚴重到傷害父母親的性命。對父母親來說，他們並不覺得自己和別人比起來，有什麼特別惡劣之處，為什麼孩子會變得如此粗暴失控？所以很多人禁不住以為自己的孩子有精神疾病。但是，這些孩子們並不是精神病。那麼，他們狂怒的原因與對象是什麼？

接下來我要舉的例子，很直接地顯示出問題的核心。父母親詢問狂暴失控的孩子，一直以來凡是你要的東西，我們都給你了，到底有什麼不滿足，要如此暴怒？孩子回答：「我們家沒有宗教。」這個孩子之所以能夠說出這樣的話來，是因為他的問題已經大幅改善了；一般的情況下，孩子並沒有辦法表達得這麼清楚，到底有什麼不滿足，連他自己也不知道。然而，當孩子如此明確地說出想法的時候，大多數的日本家庭是窮於回應的吧。當然，這個孩子所說的「宗教」，並不是「葬禮是否採用佛教儀式」這類事情；他質問的，是更為本質的問題。

仔細想想，這樣的親子問答，非常清楚地表現出日本現在的狀況。回頭想想，「凡是你要的東西，我們都給你了」這種話，只有神才有資格說出口吧。了解他人所有的欲求，全部予以滿足，這是人類做不到的事。但是有很多父母，卻認為自己就是這樣對待孩子的。到底為什麼會產生這樣的情況？我認為那是因為「物質的豐裕就是一切」的想法。特別是現在為人父母的，有很多人經歷過物質的匱乏，不希望自己的孩子再遭受同樣的苦；但更重要的原因是，他們以為只要提供大量的物質，孩子就會得到滿足。但是，這樣真的是「豐裕」嗎？孩子們毫不掩飾地對我們指出這一點。

如果物質的豐裕就是一切，現代人說不定真的已經相當接近「神」。說出「凡是你要的東西，我們都給你了」這種話的父母，無意識中就存在著這樣的傲慢。但是，事實上我們不但離神非常遙遠，也一點都不豐裕。孩子說「我們家沒有宗教」，指出了我們絕對欠缺、絕對不足的東西。說到這裡，我不禁想起家庭暴力的孩子，經常對著父母嘶吼的一句話：「為什麼要把我生下來！」乍聽之下，說這種話既任性又不知好歹，但稍微想一下就會察覺，它和「我們為什麼來到這個世界？」「我們來自何方？」等等，這些對於人的存在來說最根本的問題，緊緊相扣。對這些根源性的問題不聞不問，只是不斷地提供物質，而且斷定這樣就不會有任何欠缺，這對孩子來說是難以忍受的。想到這裡甚至會覺得，孩子們的暴力行為，並不是毫無理由的。

為什麼現代的孩子們，會把這種根源性的疑問拋到父母親的身上，而且是以極端激烈的方式？那是因為大多數的父母們，幾乎都已經完全忘記這些事了。大人是很忙的。房子是必需品，汽車也想要。而且，同樣是房子和汽車，也有各式各樣的種類。哪個親戚住什麼樣的房子，哪個朋友開什麼樣的車，都讓人耿耿於懷。何況，不管做什麼事情都需要錢。光為了這些事就忙得不得了，於是產生了「金錢是就一切」的錯覺。

有些人在貪得無厭地累積金錢之後，開始說教：「各位，『心』是最重要的！」也有人不懂得賺錢的方法，只好放棄（話雖如此，這可不是那麼容易放棄的事情），開始到處宣揚「情感的重要」。但是——稍後我們將會討論這一點——在孩子們的質問之下，這些東西不堪一擊。再怎麼冠冕堂皇的「說教」，也無法讓那些對家人施暴的孩子平靜下來。

當大人們對現實的認識流於單一、僵化的時候，孩子們正注視著異於大人的真實。我們這些大人的眼睛，被所謂「常識」的雲霧所遮蔽；孩子們透明清澈的雙眼，則看到了不同的真實。但遺憾的是，大多數情況下，他們沒有足夠的語言能力來表達。因此，他們只好放棄以語言溝通，除了透過所謂「問題行為」以外，沒有別的表達方法。兒童文學存在的意義就由此而生。如何以孩子的眼睛觀看世界，再將所見之事物透過語言文字表達出來，是兒童文學的課題。使用大人也能夠理解的語言文字，和以孩子的眼睛觀看事物，有時候是互相衝突的；克服這樣的衝突，正是達成兒童文學課題的關鍵。讀者們要是能夠親自閱讀本書所探討的這些作品，一定會了解這件事的意義。

所謂「孩子的書」，其實包含許多種類。其中也有大人「為了孩子」（讓孩子閱讀）而寫的。當然，我完全沒有否定這類書的意思；不過我有興趣的是上述意義下的「孩子的書」。那是未曾失去「孩子之眼」的光芒的大人所寫的書，不管對大人或小孩來說，都深具意義。而且，考慮到「現代」的時代特性，我們不得不說，這種書的存在意義更是重大。

現實的多層性

剛剛我們說，在我們這個時代，孩子可以看到大人錯失的真實。但這並不表示孩子看到的事物是真實的，大人看到的事物是虛假的。「現實」具有非常多的層次，並且包含了各式各樣的真實。舉例來說，讓我們看看第二章所討論的，少年「班」和小狗的關係。小狗對少年來說，是無可取代的東西；如果沒有小狗的存在，甚至連活下去都是件困難的事。這是一種真實。但我們都知道，居住在某些地區的人，是不准養狗的；對他們來說，即使沒有狗，人也可以繼續生活下去。這也是另一種真實。即使對主人翁的少年「班」來說，現實也不止一個。一方面他為了追逐幻想中的狗，差點失去性命；但另一方面，當他終於擁有自己的狗時，卻又體驗到幾乎想要遺棄牠的心情。當我們處在多層的現實之中，因為追求那些無法簡單找到的解答，而感到苦惱的時候，個性化（individualization）的道路將就此展開。如果以單層的眼光看待世界，我們可以找到統一的理論，發現一般性的答案；這裡沒有文學可以進入的空間。但是注視著現實的多層性而不逃避，是一件痛苦的事。然而，世上沒有一種快樂是不包含任何痛苦的；不經過任何痛苦的經驗，就能發展出個性化的生存方式，這也是無法想像的。

有兩個原因造成現代世界呈現過於單層的樣貌，那就是自然科學的急速發展，以及與其相應的經濟發展。觀看現實，可以有各式各樣的觀點，其中自然科學的角度，可以說為人類帶來最大的躍進。自然科學的體系，透過整合的、內部不含矛盾的理論而成立，人類也因為自然科學的體系而受惠。為了實際應用科學的知識，並且和人類的生活結合，需要龐大的經濟組織。因此，不論在哪一方面，只要是現代人，就無法避開科學與經濟的力量而生存。若是要長大成人，就一定要學習必要的知識，讓自己成為適合在龐大經濟組織下生活的存在。如果毫無自覺地走過這個人生的過程，大人的眼睛就只能看到單層的現實。在持續這方面努力的同時，大人們開始感覺到難以言喻的束縛與不安。這是理所當然的，因為「人」並不是那麼單層的存在。因此，現在有相當多的人反抗、顛覆單層的世界觀，並且把他們的反對當作武器來發言。比方呼籲大家回歸自然，或者把經濟的發展當作一種罪惡等等。但是，結果單層的逆轉，也還是單層的，本質上沒有什麼不同。那些以反叛的想法作為基礎的作品，有一些共同的特徵，就是強力的主張與僵化的個性。

現實的多層性，不會單純地告訴我們單一的真實。處在對立的看法之中，重要的不是去判定何方為善、何方為惡，而是尋找第三條道路的過程。身在對立的事物之間，而不作正反、善惡的選擇，是一件很辛苦、很不容易的事。當然，毋需贅言，這和避開善惡的判斷、逃避衝突，是完全不同的兩件事。事實上，這不但不是逃避，而且是全身投入狀況的中心。值得注意的是，為了能夠承受這種痛苦的狀態，進而發現個性化的道路，我們需要穩固的地基；而這個地基，就是對某種事物的「愛」與「喜歡」。

讀者們應該會發現，儘管有外露與潛藏的不同，幾乎在這本書所引用的所有作品裡，「愛」都是一個重要的主題。仔細想想，喜歡上某種事物，真是一件神祕不可思議的事。為什麼「班」一定要喜歡狗呢？難道除了狗以外的動物——比方小鳥——都不行嗎？在旁人眼裡看來不但愚蠢，甚至是可笑的。這一點和現實的多層性有很大的關係。就算是同樣一隻狗，也會因為我們在牠身上看到的東西不一樣，而有完全不同的價值。人若是要以忠於自己個性的方式和現實相處，必然會遭受痛苦；而「愛」這種無法解釋的力量，可以讓我們熬過，進而超越這一份苦楚。

「愛」有許多種極端相反的狀態，比方「不被愛」、「愛的消失」、「失去所愛」等等。這些極端相反狀態的存在，讓「愛」的行為得到深度。有時候我們因為「愛」而自願失去所愛，反而讓「愛」得以完成。《老鼠太太》（『ねずみ女房』，第七章）這部作品，就告訴我們這個困難的矛盾。小孩子能夠了解這樣的矛盾嗎？這種事我們不需要擔心。什麼「矛盾」、「悖論」、「弔詭」等等，都是大人的語言，孩子們只是原原本本地接受事實。我們做大人的，其實大可以給予孩子們更多的信賴。

隨著當事人性別、性向、年齡的不同，「愛」也會呈現不同的形態。「愛」的結束或喪失，表示朝向另一個新階段的變化，告訴我們現實將以不同於過去的樣貌顯現。《小少爺》（『ぼんぼん』，第四章）的主人翁「洋」，在故事的最後和他喜歡的「女孩子」失去了聯繫。雖然不是有什麼人強迫他們分離，但是「洋」並沒有試圖回復他們的關係，而是勇敢地選擇走向與過去不同層次的現實。「洋」剛好到達這樣的年紀，這樣的「時機」來臨了。《回憶中的瑪妮》（第三章）裡的「安娜」失去愛的對象「瑪妮」

的時候，更是充滿危險。然而，那終究是必然的。讀者們也應該可以感覺到，在瑪妮消失以後，安娜所經驗的現實層次，將截然不同。安娜和瑪妮一起經歷的事情，瑪妮消失後安娜所經歷的事情，兩邊都是現實；只不過它們所屬的層次，是完全不一樣的。

就算不用這麼麻煩、複雜的語言敍述，現實的多層性仍然是理所當然的事情。第八章所討論的長新太的作品，就以不慌不忙、簡明扼要的方式，告訴我們這一點。詳細的情形留待讀者閱讀本文，在這裡先就此打住。

「靈魂」

現實的多層性，和心的多層性，有互相對應的關係。但是，它們究竟哪一個是原因？哪一個是結果？一旦開始思考這個問題，難免越想越糊塗，所以這一點我們暫且不論。總之，人的心有多重的層次。雖然自古以來，就存在著這樣的認識，但是深層心理學卻能夠在自然科學的關聯之下，以現代人在某種程度上也能接受的形態，主張這個看法。自從佛洛伊德的精神分析以來，深層心理學分化成許多派別，但它們都有一個共通之處，就是認為人的心有多層的結構，並且假定無意識的存在。人類的意識不斷擴大，並且因為自然科學的發展，意識的力量開始可以控制許多的現象——正當人類因此開始自我陶醉的時候，深層心理學明白地指出，人連自己的心都控制不了；有一些心的作用，是自己所意識不到的。

「精神分析」就如同它字面上的意思，是以「分析」人心之中無意識的部分為目的。但是這件事卻讓人類再度陷入傲慢的泥沼，甚至產生錯覺，以為只要努力，人的心是可以「完全分析」的。

讓我們以本書中討論的作品為例。關於《回憶中的瑪妮》中瑪妮的存在、瑪妮與安娜的關係，我們可以發表各種看法。但，是誰讓如此令人讚歎的瑪妮，出現在安娜的眼前？又在適當的「時機」讓她消失無蹤？在安娜身陷死亡危險的時候，又是誰把「萬特曼尼[2]」送到現場，救了安娜一命？在這些事件中，只要時間稍微錯開，就會變成無可挽回的悲劇。而活在應該覺得滿足的環境中，卻一直覺得「有所欠缺」的「老鼠太太」，又是誰把鴿子帶進她的生活裡？面對這些情境，我們不得不假設某種超越我們能力的存在。

要是我們在這裡假定了絕對者的存在，繼續延伸這個話題，就要變成宗教了。但是在跳進「體系化宗派」的宗教之前，讓我們多思考一下人的心。如果要探討人的心，我們就不得不承認有一個超越人「內心」的領域存在，而且這個領域超過人類的分析所能達到的範圍。

現代人都同意將人分成心與身體的思考方式。但是在這裡，讓我們大膽地假設人類的本質是由心與身體，還有超越此二者、同時卻與它們息息相關的第三領域所構成。雖然我不能在這裡詳述自己從事心理治療的實際經

2 譯註：萬特曼尼（Wuntermenny）是《回憶中的瑪妮》中一個沉默寡言的老人。由於是家中的第十一個小孩，被長輩稱為「多餘的孩子」（one too many）而得名。

驗，但是在接觸到許多懷抱著煩惱的現代人之後，我認為假定這第三領域的存在，一切都會變得容易理解。一開始我所舉出的例子，那個對家人施暴的孩子所說的「我們家沒有宗教」，非常直接了當地指出長時間以來，他的父母親都忘了這個第三領域的存在。因為這第三領域和古人所說的「魂」或是「靈」非常接近，所以我稱它為「靈魂」。

讀者們說不定會認為我這樣的說法拐彎抹角、故作姿態，但是在現代談論「靈魂」，就是需要如此的慎重。麥克・安迪（Michael Ende）的《默默》（*Momo*）[3]中，接觸到「真實」的貝波（Beppo），因為不經意地將自己所見說出口，被送往精神醫院。我們要談論真實的時候，一定要倍加小心。以長新太漫畫的方式來說，警察說不定會喊著「逮捕！」破門而入。我稱為「靈魂」的東西，和自古以來所說的──隨著文化與時代多少有些不同──「魂」或是「靈」有什麼樣的關聯？我希望將來能夠更深入地研究這一點；但是在本書中，我只能以這種模糊的方式談論「靈魂」，還望讀者們能夠見諒。無論如何，談論「靈魂」必定會夾雜著相當程度的模糊曖昧，這一點我們必須有所了解。

與「靈魂」有關的事情是危險的，也無法斬釘截鐵地下定論。的確，生活在現代的大人們，如果不知不覺中關心起「靈魂」來，可能就會開始賺不到錢、找不到工作、被周遭的人愚弄、好不容易建立起來的自然科學體系開始動搖，總之不會有好事。因此，大人們盡可能對「靈魂」閉上眼睛。孩子的書所具有的重大的存在意義，就在這裡。「孩子的眼睛」可以確實地捕捉到大人看不到的「靈魂」現象。身為心理治療師、必須不斷接受來自人類「靈魂」問題衝擊的我，之所以對孩子的書有這麼深的關注，理由就在這裡。「靈魂」將我的工作和孩子的書緊緊聯接在一起。

反映著現實的多層，孩子的書當然也是各式各樣。我並非主張所有孩子的書都和「靈魂」有關，或者應該有關。我只是想表達，我有興趣的是上述

3 編註：本書有中文譯本：《默默》，麥克·安迪著，李常傳譯，游目族，二〇一三年。

的這種孩子的書，而且閱讀這些書不管對大人或小孩，都有深刻的意義。所以這本書所取材的作品，都是基於上述的關心所揀選的；本書並沒有討論全部、所有童書的意圖，這一點必須預先聲明。

「靈魂」同時關係著心與身體。因此，閱讀與「靈魂」有關的作品時，內心的感動會表現在身體的反應上。唸書給孩子聽，觀察他們的反應，就可以了解這一點。我們可以看到他們手舞足蹈，或是緊緊握拳、兩眼充血等等各種反應。大人也是一樣，接觸到本書所取材的作品時，有時候會跳起來想要奔跑，或是不由得冒汗。同時，一部作品帶來的感動是否能夠及於身體，也讓我們了解它和「靈魂」關聯的程度。

人無法認識「靈魂」本身；我們只能認識「靈魂」的作用，或其顯現。本書取材的作品雖然都在某種意義上與「靈魂」相關，但是「靈魂」不止顯現，有時還會在我們眼前消失蹤影。換言之，居住在「靈魂」國度的人，即使出現在我們面前，總有一天會回到「靈魂」的國度去。這樣的別離帶來深刻的哀傷。就像我們引述了許多次的，安娜與瑪妮的離別就是如此；而《我還是妹妹的時候》也以間接的方式，描寫了這種深沉的哀傷。沒有嘗過悲傷的滋味，是不可能了解「靈魂」的吧。

想要和「靈魂」保持持續的接觸，困難而且危險。孩子在遇見「靈魂」的現象時，最好身邊有「靈魂嚮導」存在。關於這一點，《小少爺》中的佐脇先生，可以說是「靈魂嚮導」的典型，在這部作品裡有栩栩如生的描寫。《飛行教室》中的兩位老師，正義老師與禁煙老師的對比，也提供我們思考「靈魂嚮導」極有趣的材料。《長襪皮皮》裡，少女皮皮出人意料的行動，讓老師與警官人仰馬翻。半桶水的教育者與警察，不要說是成為「嚮導」了，只能被「靈魂」強烈的破壞性吞噬而已。

「閱讀」這件事

本書以「閱讀孩子的書」為標題。關於我採取什麼樣的立場來看待孩子的書，以什麼樣的態度和這些書相處，剛剛已經敘述過了。現在我想要稍微談一下，我如何「閱讀」這些書——或許更精確的說法是，我寫在本書裡的這些心得，是以什麼樣的閱讀方式，從這些作品中獲得的？因為，本書並非一般所謂的「書評」。

同樣的一本書，可以用許多種不同的方法閱讀，當然也可以成為「批評」的對象。然而，我的知識與經驗，都不足以讓我評論孩子的書。我讀過的書，數量極其微少。閱讀一本書的時候，我們可以參考作者創作當時的狀況，拿它和內容相近的書比較，觀察它與同一作者其他作品之間的關聯——這些都可以深化我們的「閱讀」。其實，這正是一般所採用的方法吧。但我的「閱讀」方法不同。我專心一意、竭盡全力，潛入現在正在閱讀的「這本書」之中，再把發生在我心中的種種想法寫下來。讀者們應該會發現，我所寫的事情，很少走到該作品的「外部」。也就是說，大部分的時候，我幾乎沒有提到有關作者的事情，或是作者其他的作品，只是就該作品的內容進行討論。

因為這個緣故，我的寫作方式極為「主觀」；我所說的話，也會招來

「任性、隨意」的批評吧。但是我反而要說，我認為主觀並沒有什麼不好，同時我很高興自己能夠這樣任性地說我想說的話。這樣一說，好像會遭到更嚴厲的譴責，但我有我的理由。

我以心理治療師的身分，為一個人做諮商的時候所做的事情，事實上和我閱讀一本書是完全一樣的。假設有某個高中生對我說「我的母親是個像惡魔一樣的人」，我並不會去和這位母親見面，以確認她到底是個什麼樣的人。相反地，我會盡最大可能和這個高中生，共有他「母親像惡魔」的主觀世界。這是危險至極的工作。因此，我們都必須接受足夠的訓練，才能夠盡力潛入對方的主觀世界，而不至於溺死。

為什麼要這麼做？假設我和這位母親見面，覺得她既不是惡魔，也沒有什麼特別奇怪的地方，只是個普通的女人。如果我把這樣的判斷告訴那位高中生，他會怎麼反應？希望他同意我的意見，幾乎是不可能的。他大概會覺得我顢頇迂腐、不明事理，再也不會來找我了吧。

如果他感覺到我想要和他共有同樣的看法，應該就會繼續接受諮商。於是共有主觀世界的我和他，就可以互相交談，一起重新觀察、重新思考。這樣的過程中，不可思議地，在他的主觀世界裡所看到的事物，也會逐漸改變樣貌。用我們剛剛提到的用語來說，這是接近「靈魂」的道路，也是一條充滿危險的道路；一不小心，就有可能兩個人都受到難以回復的創傷。因此，我們會衡量自己的能力，偶爾將目光轉往客觀的世界，或是把一隻腳跨到外在的世界，緩慢前行。幸好，當我能夠保持平衡的時候，是不容易受到他人動搖的。我會在內心深處感覺到「就是如此！」的肯定感。這就是我的工作。

這樣說我想讀者們就會了解，我在「閱讀」書本的時候，和從事心理治療所做的事情，幾乎是一樣的。一頭沒入作品的「世界」，把自己在那裡感受到的事物，化為語言。當然，在某種程度上我會做一些預防措施，讓危險性不要過度升高。換句話說，我在探討某個作品的時候，會讓自己適度地得到周邊的資訊，比方閱讀其他的作品，或是看看別人對同一個作品的看法。我會注意讓自己不要做出失禮的誤讀或誤解。但無論如何，最重要的核心，還是我自己的主觀感受。

因為心理治療是如此困難的事情，隨隨便便的態度，是無法從事這種工作的。關於這一點，我的一位老師曾經言簡意賅地說：「這裡面如果沒有什麼你喜歡的要素，就不要做這個工作。」這句話說得真好。如果不喜歡的話，有誰能夠為了這麼危險，而且說不定毫無意義的事情全力以赴？所以，我為本書所揀選的題材，某種意義下都是我喜歡的作品。當然，「喜歡」也有程度、性質的差別；這樣的差別對我的文章表現，有微妙的影響。總之，我面對「喜歡」的對象，專心一意地潛入其世界之中，盡可能不去掛慮和其他事物的關聯。這樣做正是觸及「靈魂」的方法，不是嗎？實際上，我們就是以這樣的方法，進行心理治療工作的。

且容我老王賣瓜——我所嘗試的這種閱讀書本的方法，雖然看起來好像任何人都可以立刻實行，但事實上它出人意料地困難；這也是因為我長期從事心理治療工作，受到經年累月的鍛鍊，才做得到的事。我想讓讀者們明白的是，這樣的閱讀方法，需要相當的修煉——雖然不一定是透過心理治療。

否則要是有人因此認為「閱讀」不需要調查有關作者、或是其他作品的資料，只要讀眼前的書就好，那就糟了。話說回來，像這樣投入主觀的世界之中，閱讀還能夠有評價的基準嗎？關於這一點，只能仰賴讀者們「靈魂」的反應。如果自己的「靈魂」沒有覺得「就是如此！」，那麼就不需要繼續讀下去了。

我就是以上述的方式，極為自由地「閱讀孩子的書」。如果這本書能夠為「孩子的書」的發展，提供一份助力，那我是再高興也沒有了。總之，我希望盡可能有更多的大人——當然還包括孩子——能夠親自閱讀本書所討論的這些「孩子的書」。

第一章

埃里希·凱斯特納

《飛行教室》

01 前言

曾經有某一份教育雜誌，委託我「為即將成為學校教師的人，推薦五本必讀的書」。他們大概是希望我從自己的專業領域（心理學、教育學）中，揀選一些能夠給予新任教師必備、實用知識的書吧。但是我推薦的第一本書，就是凱斯特納[1]的《飛行教室》（*Das fliegende Klassenzimmer*）[2]。我心裡早已打定主意，第一本必須是兒童文學作品。其實我甚至想過，所有五本都選擇兒童文學。心理學和教育學都很重要，這是事實；但大部分名稱裡有個「學」的東西，雖然聽起來很氣派，卻經常偏離現實狀態，不但在教育「現場」發揮不了作用，有時候甚至是有害的。

關於這一點，兒童文學雖然也有個「學」字，卻截然不同。兒童文學生動地向我們呈現「人」的樣貌，將教育的根本直接而強烈地展示在我們眼前，老師與學生、大人與小孩都可以一起閱讀、吟味，作為新任教師的讀物，再適合也不過了。可是，如果我推薦的五本書都是兒童文學作品，未免對其他領域說不過去，所以我只挑選一本作為代表。要選哪一本好呢？我和兒子們商量，他們一致推薦《飛行教室》，於是我聽從了他們的建議。這確實是個好選擇。

最近國、高中校園暴力猖獗。過去基於教育上的考量，消息很少向社會大眾公開，但由於程度越來越嚴重，終於引起新聞媒體的注意與報導，所以現在知道這個情況的人應該也很多。因為學生的暴力過於可怕，許多老師不敢到學校上班，甚至因而辭職。也有人好不容易找到中學的教職，卻在知道

1 譯註：埃里希．凱斯特納（Erich Kästner, 1899-1974），德國詩人、作家。一九六〇年曾獲第三屆國際安徒生獎。

2 編註：本書有中文譯本：《飛行教室》，埃里希．凱斯特納著，方麗譯，小倉出版社，二〇一〇年。

校園暴力的情況以後，放棄當老師的念頭。我因為專業（臨床心理學）的關係，從教育現場的老師們那兒，聽到許多這樣的煩惱與痛苦。我想把《飛行教室》推薦給老師們，這也是原因之一。這本書最初在一九三三年出版，距離現在（一九八三）有五十年了。但是在經過了五十年以後的今天，它仍然能教導我們許多事情。

讀了《飛行教室》以後，或許有的老師會覺得，它講的是過去美好年代的學校，「現在的中學生，已經完全不同了。」大人們總覺得過去是美好的，現在很糟。對於這樣的人，我想指出兩點。

第一，就像凱斯特納在這本書的〈前言二〉中所寫的，「大人怎麼有辦法將自己小時候的事情，忘得如此一乾二淨呢？」

第二點，這本書寫作於一九三三年，大家知道那是什麼樣的時代嗎？那一年希特勒取得德國政權，全國各地都開始「焚書」；凱斯特納的著作不但被燒毀，還受到禁止出版的處分。關於當時出版的事情，高橋健二的《凱斯特納的生涯》（『ケストナーの生涯』）有簡潔的敘述：「事態不管對德國國民或是凱斯特納來說，都是最糟的狀況。但就在這之前，凱斯特納完成了一部傑作，那就是少年小說《飛行教室》。在它之後，凱斯特納被禁止發表任何著作。就小說而言，《飛行教室》的結構非常完整嚴謹；它精彩熱鬧、張力十足，而且令人感動。」凱斯特納預見人類即將施行的，超乎想像、難以計測的「暴力」，而寫下這本書。

我的這段前言好像有點太長了，不過既然我們要討論的，是一本有兩篇前言的書（譯按：《飛行教室》有兩篇前言），這樣的長度應該剛剛好。那麼，就讓我們來思考《飛行教室》的內容。

02 青春期

這部小說的舞台是基爾希貝爾格（Kirchberg，德國西南部小鎮）的一所高中。活躍於其中的，是這所高中的學生，以及圍繞在他們四周的人們。這是一個徹頭徹尾，完全屬於男性的故事，以描寫青春期前期男孩子的作品來說，可說是無出其右者。青春期前期是人生中最**莫名其妙**的時期。總之的確是活著，這是事實，但當事人對於自己的行為，卻是不明就裡、糊裡糊塗，因此造成許多麻煩。凱斯特納感嘆大人們經常忘記自己的小時候，但事實上，人忘記青春期的事情是很自然的；那段時間的事情不容易在記憶中留下印記。凱斯特納不但記得一清二楚，還能夠將它化為作品呈現在世人眼前，正是他天才之所在。這個年齡的孩子們，有很強的行動力（雖然也有反過來，完全沒有作為的孩子）。跳躍、奔跑、手打足踹。發怒、大笑、痛哭、互相斷吼。但是他們並沒有意識到，那個在這些行為背後驅動他們的力量存在。而那些被命運驅使，無意間認識這股驅力的孩子們，就會遭到嚴重的精神危機襲擊。所以無論如何，這些孩子們只好一直動下去。

《飛行教室》的開頭，就像舞台劇或歌劇開幕的場景一樣精彩。凱斯特納寫了很多電影與戲劇的劇本，這方面的才能在《飛行教室》各種場面的描寫中，隨處展露無遺。描寫個性尚未定型的孩子們，有許多時候需要以群體為對象，而不是個人，這時候就必須運用電影的手法。

首先來介紹活躍在《飛行教室》，這些愉快的少年吧！這些高一的學生之中，身強體壯的馬奇亞斯將來想要成為拳擊手，貴族出身、體型瘦小的烏里和他是好朋友，貧窮的公費生馬汀功課好又充滿正義感，孤兒尤尼則命運多舛。這個年紀的孩子們散發出來的活力，充滿校園的樣子，在故事一開始就描繪得活靈活現。有些人打起雪戰，惡作劇的把樹上的雪搖落在別人頭上，還有「一邊吸著煙，把外套的衣領翻得高高的，腳步故作威嚴」的高年級生。更有踩在「四樓狹窄的窗台上，危危顫顫地保持平衡，沿著牆壁從一個房間走到另一個房間」，博得眾人掌聲的英雄。少年們精力充沛，而且就活在緊貼著意外與死亡的世界。

話說這幾個高一的學生，為了聖誕節的表演，正在排練尤尼創作的五幕劇〈飛行教室〉的時候，同學弗立德林衝了進來，「臉和手滴著血，衣服也破了。」據他說，另一位同學克羅茲坎在鎮上遭到職業學校的學生攻擊，不但被他們俘虜，身上帶著全班同學的筆記本，也被搶走了。這可不是排戲的時候。總是擔任領袖的馬汀，命令幾個主要幹部「到禁煙老師那兒集合！」於是一夥人慌慌張張地離開，第一章就在這裡結束。這一段完全就像精彩的舞台劇第一幕的結束，讓我們帶著緊張的心情，等待第二章的開始。不過這裡所說的禁煙老師，到底是什麼人？

這些少年們發生重大事件（對他們來說）的時候，第一個想到的，就是去找禁煙老師商量，這一點很有趣。關於禁煙老師，稍後還會再進一步詳述，總之他是位姓名不詳的「棄世者」，住在被棄置在菜園裡、禁煙專用的火車車廂。這是「禁煙老師」這個名字的由來，但他本身煙卻抽得很兇——

凱斯特納也很喜歡抽煙——這樣的命名頗為幽默。少年們很喜歡禁煙老師。他們很尊敬擔任舍監的貝克老師。貝克老師是一個非常正直的人，甚至因此得到「正義老師」的暱稱，但正因為如此，這種時候很難找他商量事情。「遇到難以分辨對錯的情況時，他們需要借用智慧的幫助。這種時候，他們不會去找正義老師，而是急急忙忙地翻過牆，到禁煙老師那兒去。」對青春期的孩子們來說，「正義老師」是必要的，但他們還需要其他的指導者。

接下來少年們展開了一場大混戰，不過細節請各位讀者直接閱讀原著，我們來思考一下少年們打架這件事。讀到這一段少年們決鬥的情節，只要是青春期的男生，一定會血脈賁張。但是，那些道學先生們，說不定會說「這種肯定暴力的作品不適合兒童文學」吧！對於這一點，讓我們回想一下作者凱斯特納是個什麼樣的人——他是個態度堅決的和平主義者，曾經冒著性命的危險，抵抗納粹的暴力（關於這一點，請詳見前述《凱斯特納的生涯》）。正因為是這樣一位思想清晰、態度堅決的和平主義者——和人云亦云的和平主義者不同——他才能夠以溫暖的眼神，寫下這一幕少年們激烈的打鬥。

我們絕對不是肯定暴力。但是，禁止所有的少年打架，世界就會變和平了嗎？很明顯，答案是否定的。在過去的時代，想要徹底壓制少年們的攻擊性，是不可能的事。就算真的想這麼做，大人們都很忙，孩子也太多了。不過近年來，想要製造這種「無菌培養」的小孩，已經變得可能了。但是，我們這些臨床心理師幾乎每天都會看到，用這種方式養育的孩子們一旦進入青春期，攻擊性突然爆發，會發生多麼可怕的事。眾所皆知，現在日本到處發生的家庭暴力，有多麼嚴重。先前我們提到的校園暴力，也與這一點有關。有時候甚至演變成殺人事件，塞滿了新聞媒體的版面。

《飛行教室》中孩子的打架相當激烈，甚至打到臉都變形了，完全是一團混亂。但是，如果不讓青春期的孩子們偶爾幹些亂七八糟的事，他們是活不下去的。在他們內心深處蠢動的東西，如果原封不動、一次爆發開來，是能夠致人於死的。他們必須在不至於危及生命的狀況下，**某種程度**順著它活下去。

接下來要說的這一段情節，是比較後來的事。小不點少年烏里在打架中逃跑了，為了挽回名譽，他爬到高處，嘗試用一把雨傘「跳傘」。他的確贏得其他少年絕對的尊敬，但代價是摔斷了腿。這也是青春期少年心理的一種表現。起先正義老師為烏里的莽撞感到驚訝，但是當他知道烏里這麼做是為了洗刷膽小鬼的污名，對班上的同學們這麼說：「你們要記得，對小不點來說，比起一輩子都要擔心讓人看不起，這種程度的骨折不算什麼。現在我真心覺得，這一次的跳傘，並不像我一開始以為的那麼愚蠢。」正義老師非常了解青春期是怎麼一回事，也知道少年為了活得有尊嚴，必須付出多大的犧牲。有價值的事物，總是伴隨著危險的。

那些想要用「肯定暴力」或「否定暴力」這種單純的二分法，獲得片面的萬能定理的人，是軟弱的。我們必須鍛鍊自己，讓自己具備足夠的強韌，才能置身於互相矛盾的兩個極端之間，承受其衝突，並且開拓出在那個時機、那個情況下正確的道路。就是這樣的強韌，讓凱斯特納堅持留在納粹統治下的德國，不但沒有逃亡，更繼續從事抵抗運動。凱斯特納在〈第二前言〉中尖銳地批判那些「狡猾的兒童文學作者，把小孩子當作高級甜點的麵團來處理」。既然孩子們從小開始，就已經處於上述人生的矛盾之中，持續地煩惱、戰鬥，為什麼兒童文學不能處理這樣的題材？凱斯特納如此主張。他直視現實，並且對孩子們誠實以告。不過值得慶幸的是，他銳利的眼神中充滿了愛。

03 什麼是權威？

我們說，青春期是個混亂的時期。我們還說，不分青紅皂白，強行去除少年們所有肢體的「暴力」，只會帶來更大的問題。那麼，做父母和老師的，該怎麼對待這個混亂的族群？面對他們的暴力或脫軌的行為，我們應該「表示溫暖的理解」嗎？當這些破壞宿舍規則、不假外出的少年們，贏得名譽之戰而歸，舍監貝克老師，也就是正義老師，如何處置他們？這是《飛行教室》最精彩的一段。五個少年回到宿舍的時候，被壞心腸的高年級生堤奧多爾發現，把他們押到正義老師的房間。「我把開小差的人捉來了！」堤奧多爾毫不掩飾聲音中的得意。而「貝克老師沒有起身，面對書桌坐著，來回盯著這五個高一的學生。臉上毫無表情，完全看不出來他在想什麼。」貝克老師就像一堵少年們無法簡單觸及的高牆，屹立在他們面前。這一點非常重要。

貝克老師確認了學生們違規的事實，問他們為什麼要這樣做。少年們告訴他，為了營救被職業學校學生俘虜的同學，打了一架。俘虜是救出來了，但筆記簿已經被敵人燒毀，他們只帶回了灰燼。馬奇亞斯開了一個玩笑：「我願意捐贈一個骨灰罈，來裝那些灰燼。」聽了這個笑話，「貝克老師的臉部微微地舒展了一下。但是那個微笑只持續了十分之一秒，馬上又回到嚴肅的表情。」雖然面對的是違反校規的學生，若是聽了笑話完全沒有反應，也太不近人情了。話雖如此，要是真的笑出聲來，失去緊張感也不好。這種時候，十分之一秒的微笑，長度剛剛好。

貝克老師說，原本應該要處罰他們兩個星期不准外出，但他可以體諒他們的處境。不過，為什麼在不假外出之前，不來找他商量呢？「我這麼不值得你們信賴嗎？」他很認真地詢問他們。學生們表示，如果事先和老師商量，就算老師禁止他們外出，他們還是會違抗老師的意思；假使老師同意他們外出，要是因為打架惹出什麼事端來，就會變成老師的責任。所以，與其給老師帶來麻煩，他們寧願聽從自己的判斷不假外出，後果自己負責。聽完他們的說明以後，貝克老師作出了判決：「放假後的第一個下午，你們禁止外出。」接著他又補充了一句：「那個下午我邀請你們五個人來我房間作客。我們一邊喝咖啡，一邊閒聊吧！」這是很圓滿的處置，但故事並沒有在這裡結束。貝克老師說起自己高一時候的回憶。他為了探望生病的母親而不假外出，被高年級生逮個正著，第二天被禁止外出。即使如此他還是出門去探望母親，終於被關禁閉。一位朋友代替他去探望母親，不料這一位替身卻被校長發現了，校長非常生氣。但是這位朋友把整件事的經過告訴校長以後，得到了校長原諒。貝克老師自己在高中時代，因為沒有可以打從心裡信賴的老師，只好反覆地不假外出，吃了不少苦頭。因此他決心成為「少年們可以傾訴任何煩惱的人」而當上了舍監。少年們非常感動，離開房間之後馬奇亞斯說：「如果是為了這位老師，必要的時候我願意獻上這顆腦袋。」

貝克老師對待學生的態度真的很了不起。青春期孩子們心底那一股粗暴狂亂的力量，需要一面正對著他們的、毫不退卻的牆。只有撞擊在這面牆上，被它阻擋下來，這股力量才能夠化為對人類有用的東西，否則它只會造成破壞，孩子自己也會成為受害者。那些在家庭中、校園中有暴力行為的孩子們，其實是完全受到自己內在暴力操縱的受害者。而且，一旦它爆發開來，就不是那麼簡單可以阻止的；若是有人錯過了時機，才想要正面與這股力量對決，將會被撞得人仰馬翻。貝克老師「臉上毫無表情，完全看不出來他在想什麼」，像一堵決不退讓的牆，矗立在少年們的面前。但是，這堵牆必須有血有肉。少年們在接受質問調查的過程中逐漸感覺到，面前這堵牆是有人性的。到了最後，貝克老師更毫不掩飾地顯示，自己和少年們是一樣的存在，沒有什麼不同。不假外出去探望生病的母親，事實上是來自凱斯特納自己的經驗。讀到這一段，大家都會胸頭一熱吧！

貝克老師想要成為「少年們可以傾訴任何煩惱的人」而當上了舍監。但是這五個少年讓貝克老師了解到一件事：即使是對再怎麼信賴的老師，也有不能說出口的事。少年們瞞著老師行動——當然，事後他們坦白了一切——而且，那是出於對老師的敬愛。

不論如何相愛，正因為相愛，有時候我們不得不保守秘密。希望學生什麼都告訴自己，這樣的老師太過天真了。貝克老師從學生們那兒，學到了這個人生的弔詭。老師要請他們喝咖啡，應該是有答謝的意思吧！師生關係深化到一定程度的時候，角色經常會顛倒過來，反而是學生讓老師學習到某些事物。但如果做老師的從一開始就失去了長者的態度，行為舉止像一個平輩，這種關係的逆轉是不會發生的。不論會遭到學生嫌惡或是怒目相向，身為老師都必須以一個權威者的身分，站在第一線，制止學生脫軌的行為。從這種無私勇敢的態度中，才能產生有價值的逆轉。有一些老師主張自己沒有任何權威，和學生是平等的朋友。這種態度或許也很不容易吧，但是我認為這種老師不應該領薪水，而應該付學費從頭學起。

想要對抗青春期的暴風雨，做老師的必須具有強大的權威。不過，從貝克老師的例子我們也可以明白，這樣做是絕對不可能和學生成為同輩夥伴的，必定會嚐到孤獨的滋味。不願意忍受孤獨卻希望享有權威，比不願工作只想吃閒飯還要糟糕。後者多少會有些罪惡感，前者卻容易產生錯覺，以為自己是富有同理心的人。有一位克羅茲坎老師很了解這一點，但是他活在孤獨與權威裡的方式，卻像一幅諷刺漫畫。他是那位被搶走筆記本，還成為俘虜的克羅茲坎的父親，也是這所學校的德語教師。克羅茲坎老師不但從來沒有在學校露出笑容，「在家裡也總是板著一張臉」，可不是個普通人物。他在教室裡聽到筆記本被燒毀的經過，露出生氣的樣子，批評克羅茲坎的父母，兒子被俘虜了四個小時，竟然完全沒有察覺。學生們笑出聲來，他卻一點笑意也沒有。接著克羅茲坎老師對著自己的兒子，若無其事地說：「回去跟你爸爸講，就說是我說的，以後要更加注意你的言行！」整個教室笑翻了天，老師卻還是一臉嚴肅，一板一眼地繼續上課。

孩子們，特別是青春期的孩子們，需要權威者的存在。但是想要扮演權威者的角色，就必須忍耐異於一般人的不自由，承受孤獨而活著。和大家**打成一片**，是不可能成為權威者的。貝克老師，或許可以說是教師的理想形象。那麼禁煙老師，又是怎麼樣的一個人？

04 大人與小孩

在討論禁煙老師之前，我們先來談談故事最後，馬汀和貝克老師一段插曲。模範生馬汀因為家境貧困，好不容易盼望已久的聖誕假期終於來了，卻沒辦法回家。個性堅強的他沒有把這件事告訴老師或同學，盡力作出開朗的樣子。但觀察力敏銳的貝克老師，卻察覺他的異樣。當其他同學都回家去了，貝克老師把馬汀找來，問他為什麼獨自留在宿舍。馬汀努力想保持顏面，但貝克老師從他的話語裡聽出蹊蹺，問他：「是不是沒有旅費？」

聽到這句話，馬汀原本剛強的態度完全崩潰了。他點點頭。跟著他把頭伏在蓋滿了雪的欄杆上，靜靜地流著淚。悲傷抓住了少年的後頸，猛烈地搖動著他。

正義老師嚇了一跳，當下只是站在一旁，什麼都沒說。他知道這時候不應該過早出聲安慰。過了一會兒他才拿出手帕，把少年拉到身旁，擦去他臉上的淚水。「已經沒事了，已經沒事了。」他說，自己也有點不知所措。用力咳嗽幾聲以後，他終於問了：「到底需要多少錢呢？」

這麼長的引文，是為了讓讀者感受到作者自制而不流於濫情的表現力，並且透過正義老師的例子，瞭解到師生之間如何保持適當的距離。我們看到堅強的馬汀也「靜靜地流下淚來」，為了幫助他，貝克老師送給馬汀二十馬克。接受救助的人與提供救助的人，小孩與大人，對比非常鮮明。國高中老師難為之處就在這裡。如前所述，有時候學生們似乎擁有超乎老師的智慧，帶給我們啟發，有時候卻又需要我們絕對的保護。但就像貝克老師的態度一樣，這種時候我們必須尊重對方的人格。扮演助人角色的人要是自己也感動、陶醉了起來，就會忘記雙方同樣都是凡人。兒童文學有許多「賺人熱淚」的場面。有時候我們在大哭一場之後，感覺若有所失，那是因為作者自己陶醉在感動裡，忘了自制的緣故。

正當馬汀的父母，為了兒子不能回家而悲傷的時候，他突然出現了。這一段我們省略不談，不過在這裡，凱斯特納自制、緊湊的描述，同樣令人心頭一熱。不管他如何冷靜地觀察醜陋、痛苦的事情，背後總是有溫暖的視線；不論描寫如何美麗動人的場面，背後都有一對理智的眼睛閃閃發光。凱斯特納曾經批評德國文學是「獨眼文學」，我們不難理解他的想法。

如果說貝克老師是一隻眼睛，那麼禁煙老師就是這故事裡的另外一隻。在納粹抬頭，希特勒充滿確信的領導者形象，成為德意志國民理想的時代，凱斯特納描繪出這樣一位人生導師的樣貌，具有深刻的意義。身處一九三三年的德國，光是描寫這樣的人物，就需要相當的勇氣。對納粹來說，什麼是對的、什麼是錯的，非常清楚明確，一切由絕對的領導者希特勒決定。不仰賴別人的判斷，不倚靠意識形態，自己辨別是非對錯，是一件無比困難的事。但所謂的人生，就是投入自己的存在，面對這個困難前行——這正是凱斯特納想要告訴我們的事。不過對青春期的孩子來說，指導者仍舊是必要的。凱斯特納明白地指出，「遇到難以分辨對錯的情況時」，沒辦法找正義老師商量，這一點非常了不起。他們能夠商量的對象，是啪嗒啪嗒、不斷抽著煙的禁煙老師。換句話說，禁煙老師和正義老師不一樣，他是一個內在同時包含著正反對錯的人。

我們說，權威者需要孤獨。那麼，如果孩子們連這種非常的情況，都來找他商量、向他坦白秘密，禁煙老師是否不需要飽嘗孤獨之苦？其實在某種意義下，禁煙老師的孤獨，說不定比貝克老師更為深沉。他是一個棄世的人。獨自居住在禁煙車廂裡，在遠離市中心的餐廳彈鋼琴，如風中殘燭般勉強活著。他越是被孩子們接納入他們的世界裡，就不得不遠離大人的世界。

說到大人與小孩，這裡也存在著弔詭。少年們直覺到，其實禁煙老師就是貝克老師不假外出的時候，代替他探望母親的朋友，於是設法促成了他們兩人見面。貝克老師力勸禁煙老師，回到「普通市民的生活」。禁煙老師不同意。貝克老師知道他是醫生，就建議他到這所學校擔任校醫。對於貝克老師的提議，禁煙老師這樣回答：「請不要告訴我，人不可以失去對生活的野心，這種陳腔濫調。……我希望更多的人，可以有時間去思考真正重要的事。什麼金錢、地位、名譽，都是些孩子氣的東西！那種東西，頂多不過是玩具罷了。真正的大人不會在乎那種東西。」先前我說，禁煙老師越是接近孩子的世界，就不得不遠離大人的世界，但是在這裡他本人卻主張自己才是真正的大人，其他的大人根本是在「扮小孩」。金錢、地位、名譽，欲求這些孩子氣的東西的，和完全棄絕這種東西的，哪一個才算是大人？讓我們小心，不要掉入二選一的單純思考。孩子們心裡很清楚。對他們的成長來說，正義老師和禁煙老師，兩者都是必要的。

要是一位老師身上，可以兼具正義老師與禁煙老師的特質——而且啪嗒啪嗒地抽著煙——那就再理想也不過了。不過，這種事可能嗎？禁煙老師曾經是正義老師的替身，兩人長時間沒有見面，在學生們的引導下重逢——從這個故事的脈絡來看，凱斯特納應該是期望兩者象徵性的統合吧。不過在現實中，這種事只能取決於當事人的器量。結果禁煙老師出於對貝克老師與學生們的情感，接受提議成為校醫。他也半步踏入「普通市民」的世界了。這是意義深刻的一件事。但是，學生們還會和以前**完全一樣地**，對這位校醫老師坦白一切，什麼話都說嗎？人要是愛著某個人，就一定會背負和那份愛同樣重量的十字架。

第二章

菲利帕·皮亞斯

《夢幻中的小狗》

菲利帕·皮亞斯[1]的《夢幻中的小狗》（*A Dog So Small*, 1962）以極度寫實的手法，描寫幻想（fantasy）對人類的重要性，是這方面稀有的作品。雖然難以斷定，但感覺上其他的動物或植物，似乎也有屬於牠們自己的幻想。候鳥在季節來臨的時候一齊旅行，飛往遙遠的國度，難道沒有某種「幻想」在背後支持牠們的行動嗎？——這樣想的話，生命會顯得有趣許多。雖然我們不能開口向鳥求證，但人有幻想，則是毋庸置疑的。幻想是人存在基礎的一部分，讓人得以為人。我所指的不是像候鳥那樣成群結隊的人類，而是個人的存在。人在確認其個體的存在時，擁有自己獨特的幻想，是絕對必要的。

班是一位住在倫敦舊城區的少年。為了能夠感覺自己不是別人，而是「班」這個獨一無二的存在，他需要專屬於自己的幻想。那是任何人都不可以侵犯的，他的世界。

當初有人提出「願望的滿足」這個用語，來「解釋」幻想的存在理由時，或許包含了深刻的意義與情感，但如今那些意義與情感都已退色，這個說法只剩下扭曲幻想本質的功能而已。顯現在班內心的那隻小小、小小的小狗，不是少年「滿足願望」的工具這種微不足道的東西，而具有更重大的意義。皮亞斯如何透過故事，來告訴我們這件事？就讓我們循著故事的情節看下去。

1 譯註：菲利帕．皮亞斯（Ann Philippa Pearce, 1920-2006），英國兒童文學家。作品不多，但評價甚高。曾獲卡內基文學獎、安徒生作品獎。國內譯本有《湯姆的午夜花園》、《梭河上的寶藏》（皆為東方出版社出版）。

01 生日

主人翁少年班，是住在倫敦舊城區，布魯依特家的孩子。他有兩個姊姊梅和荻莉絲，以及兩個弟弟保羅和法蘭基，夾在五個兄弟姊妹的正中間。布魯依特家的人都很好。他們適度地關心家人，適度地保有自己個人的生活，作者皮亞斯很精確地描繪出這一家人謙遜、樸素、平和的樣貌。皮亞斯不是個言行誇張、引人注目的人，她銳利的筆鋒只是安靜地、忠實地捕捉現實。多虧了她這個特質，我們得以透過這部作品，知道英國人的家庭是如何生活的。

有一天早上，班比誰都早起。他很興奮，儘管大家都還在睡覺，就跑到外面東張西望。因為，今天是他的生日。小朋友都很喜歡過生日。「長了一歲」對老人和對小孩來說，意義完全不同。孩子們都想早一點變成大人。大人可以自由地做自己想做的事（小孩這樣以為），而生日可以讓他們更接近大人一點，所以意義重大。不過，生日不止讓孩子們的眼睛朝向未來，有時候也讓他們看到過去。原本小孩們都喜歡想未來的事，但聽到大人談論自己在什麼時候、什麼狀況下出生，會讓他們也開始思考過去。而那些喜歡思考的孩子，更會因為自己的「誕生」這個契機，碰觸到人生的大問題：「我從哪裡來？要往哪裡去？」小孩子或許不是想得那麼清楚，但生日這個快樂的節日背後，其實存在著「來自何處、去向何方」的疑問。

班特別期待今年的生日，因為之前去爺爺家玩的時候，爺爺答應要送他一隻狗作為生日禮物。收到一隻狗對班來說是多棒的一件事，我們留待下一節再來討論。總之班實在太高興了，所以很早就起床，一個人興奮地大叫：「今天是我的生日呦！」甚至還對著屋頂上的鴿子說：「等一下你就知道了！」但是，狗沒有來。爺爺和奶奶給了班一幅小小的，用毛線繡了一隻狗的十字繡，代替真正的狗。班非常失望，一把推開爺爺奶奶寄來的信和包裹，裝著小狗刺繡的畫框掉到地上，打破了玻璃。

「夾在五個兄弟姊妹的正中間，並不像想像中的那麼熱鬧，而且感覺一點都不舒服。」被兩個姊姊、兩個弟弟包圍，或許班看起來應該很快樂，但實情並非如此。梅已經有了未婚夫，現在滿腦子都是結婚典禮的計畫，以及對婚後生活的想像，荻莉絲則是整天跟在旁邊，幫姊姊出點子而樂此不疲。「無論如何，反正因為班對女孩子沒有興趣，和那女孩二人組比起來，保羅和法蘭基還比較容易相處。」然而，這兩個弟弟和班的年齡有點差距，他們喜歡的東西，比方保羅的鴿子、法蘭基的小家鼠，還有他們兩個一起飼養的獨角仙，都不能引起班的興趣。因此，在五個兄弟姊妹之中，班是最孤立的。

班的孤獨感，不是雙親或兄弟姊妹的錯，也不是他自己的問題。透過整部作品精湛的描寫，我們知道班的雙親是很好的父母。他們細心地為子女著想，既不會關心過度，也不會不足。兩個姊姊、兩個弟弟也都性情愉快、心地良善。儘管如此，班仍然沒來由地感覺疏離。作品裡並沒有明確寫出班的年齡，不過從作者的描述中，我們可以推測大約是十歲前後。人不管生活在多麼幸福的環境下，也有不得不感受到疏離與孤獨的時候，而班剛好來到這樣的年齡。雖然辛苦又危險，但為了成長，這樣的經驗是必要的。

班就在「生日」的這一天，彷彿應景似地，品嚐到濃密的孤獨滋味。人來到這世上的時候是一個人，死的時候也是一個人。就算是十歲的少年，也必須清楚認識這個事實。

02 狗

如前所述，布魯依特一家是相當好的家庭。父母兩人期待五個孩子的成長，梅和荻莉絲熱衷於梅的婚禮，保羅與法蘭基一心只想著他們的鴿子與小家鼠。每個人都有適合他們的夢想。而班的夢想，則是狗。

班在心裡描繪的，是在俄羅斯佈滿白雪的荒原上，與狼奮戰的蘇俄牧羊犬（譯按：Borzoi，又稱蘇俄獵狼犬）。「狼確實是壯碩凶猛，但蘇俄牧羊犬也充滿勇氣與力量。蘇俄牧羊犬毫不遲疑地向狼進逼。一匹狼左右兩側的腹腔，各有一隻蘇俄牧羊犬緊緊咬住不放，一直到獵人以短劍對準狼的咽喉給予致命一擊為止，奮力堅持著——」這是多麼勇敢的狗啊！班期望他的夢想能夠實現。他不敢冀望真的能擁有一隻蘇俄牧羊犬，但至少他想要養一條狗。我們甚至可以說，對班而言，想要養狗的願望，更勝於他對任何家人的關心。

想要養狗的少年，熱愛狗的少年，光是他們的事就可以寫成一本書。我們在諮商室裡聽到許多少年與狗交往的故事，帶給人的衝擊，就像在胸口挨了一拳。有一個拒學的少年，宣告如果讓他養狗的話，他就願意上學，同時為此持續地和討厭狗的父親溝通。另一個少年明明很疼愛他的狗，不時卻像疾病發作一樣地虐待牠。熱愛主人的狗遭受這種無法理解的攻擊，不知所措。少年的行為非常不應該。不過說到不應該，完全不試著去理解孩子的苦惱，只知道不斷斥責孩子的父母，他們的態度才真的是過份。不知所措的狗，不正象徵了少年惶惑不安的靈魂嗎？

再說一個狗與少年的故事。有一個拒學的少年，非常溺愛他的狗。但有一天，狗被車子撞死了。少年非常哀傷，和母親一起造了一個墓安葬牠。結果不久之後，少年開始上學了。不願上學的孩子，有他們的理由。這少年不去學校，是因為對他來說，待在母親身邊比較有意義。然而人隨著成長，一定得改變自己的生存方式。原本不願意去學校的孩子開始上學，是值得高興的事。但這樣的變化，總是伴隨著相應的哀傷。所謂變化，代表某些事物死去，另一些事物誕生。在少年開始上學的決定背後，是母子情感牽絆斷裂的悲哀。當孩子內心的某些部分不得不死去的時候，狗代替他承受了死亡。母子兩人，都因為狗的死亡而充分感受到成長伴隨的哀傷，越過了一個人生的重要關卡。

對班來說，他夢想中的蘇俄牧羊犬，是勇敢的象徵。為了變成強壯的大人，他希望得到勇氣。但是爺爺奶奶送來的，只是一幅小狗的畫；別說是蘇俄牧羊犬了，畫中的小狗，簡直小到可以放在手掌心裡。班生氣也是理所當然的。「再也不要到爺爺奶奶家了！」他甚至脫口說出這樣的話來。

不過，祝賀班生日的信最後一行添加的字句，讓班的心軟了下來。那裡寫著「狗的事，真的很抱歉」。爺爺奶奶寫信來的時候，總是奶奶說什麼，爺爺照著寫下來，最後由奶奶檢查一遍錯字——也就是說，奶奶比較嚴謹——再寄出來。因此班知道，最後添加的那一行，是爺爺後來瞞著奶奶，匆匆忙忙補上去的。即使再深的失望與憤怒，只要有人能夠真心理解，也會緩和下來。爺爺「就像用瘦骨嶙峋的手遮住嘴巴，悄悄地對班說話一樣，偷偷寫下『小狗的事，真的很抱歉』。只能用這個方式說話的爺爺，心裡應該是很痛吧」。班的心軟化了，於是在爸媽的慫恿下，他推翻自己所說的話，去了一趟爺爺奶奶家。

作者描寫班造訪爺爺奶奶時在鄉下度過的日子，真的是非常傳神，可惜我們實在沒有篇幅詳細介紹，還請各位讀者務必閱讀原著。班和爺爺奶奶養的狗嫦莉玩得很盡興，感到非常滿足。而且他也終於知道自己收到的那幅畫，原來是爺爺奶奶的兒子（班的叔叔）威利，航海到墨西哥帶回來送給他們的禮物，是他們非常珍惜的東西。畫的背面寫著「Chikichito Chihuahua」。

2 譯註：契瓦瓦州（Chihuahua）位於墨西哥北部內陸，佔國土八分之一，是墨西哥面積最大的州，也是吉娃娃犬名稱之由來。吉娃娃犬英文就叫「chihuahua」，但西班牙原文是「chihuahueño」。

Chihuahua 是墨西哥的地名，是這隻狗住的地方2，而 Chikichito 則是「非常、非常小」的意思（譯按：西班牙文），應該是這隻小狗的名字吧。爺爺知道班喜歡狗之後，想都沒想就答應要送他一隻狗，但事實上爺爺並沒有買狗的錢，而且孫子那麼多，也不應該只對班特別好。爺爺遇到了現實的高牆，可是又不能毀棄承諾，於是把兒子送給他們的、珍貴的畫，送給了班。班知道了這些事情，就不再生氣了。但他是如此渴望一隻狗，因此在他心底，其實仍然無法接受這件事。

03 意外

班從爺爺奶奶家回來的時候，把小狗的畫忘在車上，不得不急急忙忙回去拿。在班內心深處，終究還是沒有接受那幅小狗的畫；而他的「不接受」很快就化為現實的形態表現出來。火車抵達倫敦時，班看到母親與弟弟們前來迎接，感到非常興奮，甚至沒有注意到自己遺落了小狗的畫。

班最後還是失去了小狗的畫。不過，那雖然是「一種結束」，卻也是「一種開始」，因為小狗 Chikichito 從此在班的心裡住了下來。很多時候，人為了得到某些事物，不得不犧牲其他的東西；也有很多時候，一件事物的終結，會成為另一件事物的開端。如果我們一味地為了喪失與結束哀嘆，就無法踏出新的一步。

班只要一閉上眼睛，就可以看到 Chikichito。Chikichito 似乎也認定班是牠的主人，非常聽話。班為了更了解自己的狗，經常出入圖書館查閱資料。有一天他在書上看到吉娃娃是一種「適合食用」的狗，嚇了一跳，那天晚上就做了一個惡夢，夢見自己被食人族追捕。他把自己和小狗視為一體，到了這種地步。班知道吉娃娃這種狗很膽小的時候，受到很大的打擊，但是他當天晚上就夢到小狗 **Chikichito** 痛快地打敗了上百匹惡狼，心滿意足。少年班的靈魂深處進行著一場劇烈的戰鬥，而他戰勝了。

母親看班的樣子好像怪怪的，總覺得不安，於是和班好好說話，告訴他倫敦市區不能養狗，請他放棄這個想法。班告訴媽媽他對狗已經厭倦，不再想養狗了。班為什麼要撒這種謊呢？那是因為班已經有 Chikichito，已經有**自己的狗**了；而這事他不想讓任何人知道。甚至對母親，他也絕對想要保密。

就像我們前面所說的，「我從哪裡來？要往哪裡去？」、「所謂的我，究竟是什麼？」這些根源性的問題，有時候會抓住孩子們的心思。甚至我們可以說——雖然他們不見得清楚地意識到這一點——所有孩子的心底，都存在這些問題。一般來說，到了某些年齡，這些問題會強烈地浮現在孩子們的意識裡，而我認為十歲左右就是其中的一個時期。我就是我，不是別人，我和任何其他人都不一樣——能證明這一點的，是我自己的名字，我自己的所有物，以及我所屬的團體。但仔細想想，這些都是不久就會消失的東西。班拜訪爺爺奶奶的時候，聽到了那幅小狗的畫的故事。奶奶說，送給他們畫的威利叔叔已經死了，繡這幅畫的女孩子應該也不在了，就連遺留下來的這幅畫，總有一天也會不見。奶奶接著說的話，非常駭人聽聞：「所以，還有什麼會留下來？」我們想要把「我就是我」這件事，和這世上的某些事物連繫在一起，但這一切都是徒然。於是，剩下來只有一條路：不要追求這個世上的牽絆，而是與我的來處、我的歸宿——那極可能是永恆存在的國度——建立連結，從中找出屬於我特有的方法。或許只有這樣，我的存在才能找到依據。

對班來說，Chikichito 是將他與靈魂的國度繫在一起的絲繩。Chikichito 的存在，是班對這個世界的宣言，主張獨一無二的「班」存在。這麼重大的事情，不管對誰都必須保守秘密。為了確立作為個體的自己，班不和任何人分享這件事。但仔細想想，這是相當可怕而危險的事情。人要活在這個世界上，就不得不與他人產生關聯，和他人共享、分攤，不是嗎？想要在這個世界以個體的身分生存，就必須在與這個世界的連結，以及與彼岸世界的連結之間，取得微妙而困難的平衡。不過，如果這個平衡在人生的某些時期，向著其中的一方傾斜，也是理所當然的事。

當班經由 Chikichito 加深與彼岸世界的連繫，他和這個世界的關係，當然會變得淡薄。這時候不管周圍的人如何良善，都令他厭煩疏離。對班來說，家庭和學校都變得難以忍受。就如先前所述，班的家人都是些好人。然而家人、學校老師以及其他懷有善意的人，他們的關心全都弄錯了方向。作者皮亞斯，將班越來越孤獨的身影，描寫得栩栩如生。人們屬於**此世**的愛，無力挽留住班。這個現象來到頂點，終於發生了聖誕夜的嚴重事故。聖誕節，是慶祝耶穌基督誕生的重要日子。

聖誕夜班與家人一同外出，但他的心和家人完全孤立隔絕。班追著只要閉上眼睛就可以看到的 Chikichito，跑到大馬路中間。「班！」媽媽拼命地大叫，但他還是撞上了一部汽車。班生命垂危，幾乎就要走入彼岸的世界，但或許因為家人對他的愛，終於將他留在人間。班受重傷住院，不過性命是保住了。急著趕往彼岸的人，與留在此世的人，什麼人比較幸福？說真的，我不知道。不過我敢確定的是，留在此世的人必須努力活下去，而發生意外的當事人和他周圍的人，都必須認真思考事故蘊含的意義。

04 老人與小孩

也許有人要說，因為爺爺做出他無法遵守的承諾，班才會對狗如此著迷，以至發生這樣的意外。但我不這麼想。班原本就來到一個危險的年紀。班的心被彼岸的世界吸引，失去了對此世的興趣，但他的父母與姊弟都沒有人發現。他們的生活方式，以及支持他們的夢想，重心都太偏向此世了。這個時候，只有爺爺察覺班的孤獨。出於老人的直覺，他認為自己非做點什麼不可，才會說出「送你一隻狗吧！」這種——就像後來奶奶埋怨他的——無法實現的諾言。爺爺在現實的層面的確犯了錯，但是在靈魂的次元，他的承諾是正確的。

老人與小孩的深刻關聯，是兒童文學拿手的題材之一。《兒童文學中的老人像》——如果有這樣一本書，應該是很不錯的事。老人與小孩的共通點，就是他們都和彼岸的世界——或者說靈魂的世界——距離很近。小孩剛從那裡過來，而老人不久就要過去。如前所述，孩子們大多把目光投向未來，夢想著長大成人以後的事，但有時候他們也會被吸入靈魂的深淵。這種時候，心思全被此世事物佔據的成人們，幾乎都幫不上什麼忙；大多數時候，只有老人——臨近靈魂世界的人——能夠理解他們。

以班和父母的關係來說，在班的意外事故發生之前，預兆一而再、再而三地出現，但他們都無法領會。首先是班把小狗的畫從桌上推落、摔破畫框玻璃的時候，接著是班弄丟了小狗的畫、還有夢見被食人族吃掉的時候，要是布魯依特家的人能夠稍微修正自己過於「現世」的生活方式，說不定可以將班拉回自己的世界。但事情卻不得不走到盡頭，一直到聖誕夜的意外事故為止。值得慶幸的是爺爺的存在。爺爺能夠給予班，他的父母無力付出的東西。

爺爺直覺到班的孤獨，答應給他一隻狗，卻無法實現諾言。班雖然生氣，但在內心深處，他可以了解爺爺的心情。因為信裡「狗的事，真的很抱歉」這一句話，他和爺爺和好了。不過，這本書有趣的地方，在於另一個老人，也就是奶奶的性格。同樣都是老人，但奶奶是個實事求是的現實主義者。因此，在這對老夫婦中，奶奶非常強勢，而個性軟弱的爺爺，總是看著人家的臉色過活。爺爺趁奶奶不注意，偷偷在紅茶裡多加一匙砂糖的模樣，皮亞斯描寫得活靈活現，令人不禁莞爾。雖然我們說老人臨近彼岸的世界，但他們畢竟經歷這麼多世事考驗，活過這麼多歲月，所以當然也有老江湖的一面。爺爺給人前者的印象比較強烈，奶奶則是後者。老人是有雙重面貌的。

奶奶對於班來說，是讓他認識現實嚴峻的人。倫敦市區不能養狗，他們還有其他孫子，不能只對班特別好——這些話奶奶說得直接了當，毫不委婉。班要是對某些事情沒有明確的反應，奶奶就會咄咄逼人，要他回答清楚。作為夫婦，這對爺爺奶奶還真的是一對很好的組合。

話說回來，班出院以後為了療養，再度來到祖父母的家，發現娣莉生了九隻小狗。即使是不喜歡狗的奶奶，看到班疼愛小狗的模樣，也忍不住動心。這時候她表現得就像個現實主義者：「諾言一定要遵守——而且要好好遵守。我們非這樣做不可。」她決定給班一隻小狗。班當然是欣喜若狂，但是倫敦市區不能養狗，是個大問題。奶奶雖然同情班，但說話還是絲毫不留情面。「雖然你很可憐，不過這世界上的事情，一直都是如此。」現實的確是嚴酷的。不過有趣的是，它並不像現實主義者所主張的那樣，「一直都是如此」。

05 Reality

就像糾結纏繞的絲線，解開以後四下散落，有時候現實也會改變它的狀態與樣貌。班的四周就發生了這樣的事。梅結婚離開家，荻莉絲也一起搬出去，寄居在姊姊、姊夫的住處。突然失去兩個女兒，母親感到失落而寂寞，同時也為了班的健康，想要換個空氣較好的住處，於是布魯依特一家搬到女兒新居附近。搬家直接的導火線，是班的意外事故。不過，即使我們這些局外人也看得出來，搬家這件事對布魯依特一家意義多麼深遠。如果他們繼續住在以前的地方，生活會如何演變？很可能母親因為失去兩個女兒的悲傷，做家事不再像以前一樣俐落。父親為了逃避家裡沉重的氣氛，花更多的時間待在公司。班的孤獨好不容易有所改善，說不定又回到原地。這種時候，很容易發生家中的某個成員罹患強烈的精神官能症、或者行為脫序，甚至家庭面臨瓦解，我們心理治療師經常接觸到這樣的個案。個人有所謂的轉戾點，家庭也是一樣。面對轉戾點如果處理不當，事情將會非常嚴重。

班的極度內向，以及接下來發生的事故，不只對班有重大意義，也為布魯依特家所有人帶來可喜的轉變。這裡如果讓治療師加上旁白，大概會說**多虧了**孩子的意外與脫序行為，夫婦與家庭度過了危機；不過也會有很多人感嘆，全家人為了這個孩子，吃了不少苦。媽媽為了班找尋空氣好的地方、訂定搬家的計畫，結果對她自己、對整個家庭來說，都成為正面的轉戾點。更值得高興的是，這件事為班帶來意想不到的幸福。新家附近的漢普斯特德自然公園，可以讓狗自由奔跑，班可以養狗了。纏繞糾結的現實，以班的事故作為契機，出人意料地解開來。

班興奮地出門，前往爺爺奶奶家迎接**小狗**。但是，現實再度帶來意外的變化。班的狗布朗，在他們沒有見面的這段期間長大了，樣子變得和班日思夜想的愛犬 Chikichito 沒有任何一點相像。班心不甘情不願地帶著狗離開，為他送行的奶奶告訴他：「想要的東西到手之後，接下來你必須學習的，是如何和牠一起生活下去。」但事實上，班真正必須學習的是「如何和**不想要**的東西一起生活下去」。

班不想把狗帶回家，於是帶著牠到公園去。一路上班一直拒絕狗的示好，對牠非常冷淡。狗了解班的心意，落寞地轉身離去。但就在這時候，班的心境起了一百八十度的轉變。班站起身來呼喊：「布朗！」狗立刻向他跑過來。班把狗抱起來，對牠說：「走吧，我們回家吧！」透過對布朗的接納，班實際上接受了許多事物。他學會了如何愛那過於孤獨的自己，愛那同樣孤獨且有如風中殘燭的爺爺奶奶，愛他覺得疏離的家人，以及冷酷的現實。

看到這裡，我想沒有人會淺薄到以為這個故事描述的，是一個少年走出幻想世界、勇敢面對現實的成長過程吧！作者皮亞斯想告訴我們的是，一個人需要經歷多麼深刻的體驗，才能夠產生對現實的愛；而這一份愛的背後，始終存在著神的愛。故事圍繞著老人與小孩之間，乍看之下不可能實現的承諾展開。諾言以兩人都意想不到的方式成真，而在背後推動這一切的，是神與人定下的偉大契約。我認為這是皮亞斯心裡的主題。雖然我在談論這部作品的時候，有意地避開了基督宗教的角度，但是以結果來說，我們想說的事情是一樣的。

這一節的標題刻意用 reality 這個英文字，是因為對我來說，外在現實和內在現實都是 reality，都一樣重要。就算我們一時間能夠偏向某一方面，但是長久來說，只愛其中的一方終究是不可能的。只有在兩者的相互作用下，我們對 reality 的體驗才能日益深化。班最初在心裡描繪的蘇俄牧羊犬，多半是一種「願望的滿足」，這個幻象被一幅狗的畫像，這個外在現實打破了。但是當畫框的玻璃摔破的時候，小狗一躍進入班的內在，活躍在遠比蘇俄牧羊犬更深的層次中。深深愛著小小、小小狗 Chikichito 的班，過度向內在傾斜，讓他經歷了與外在的巨大衝突，也就是那場交通事故。

這時候 Chikichito 失去了蹤影，取而代之的是「看不見的狗」在班的心裡住了下來。雖然班差點就要拒絕降臨在他身上的現實——布朗——但內在那「看不見的狗」走入更深的地方，沒有和外在的現實混合，而是讓他學會如何愛那一見難以接納的事物。夢幻中的小狗在少年的心中完全內在化，成為少年的支柱，讓他能夠以一個個人的身分，生存下去。

「所以，還有什麼會留下來？」現實主義者的奶奶如是說。那幅小狗的畫的確是消失了。而不論班如何深愛布朗，布朗總有一天會死去。班也不會永遠活著。還有什麼留下來？班和布朗說不定都已經死了。但是，我可以看到那「看不見的狗」至今仍然活著，正在某處治療著孤獨少年的靈魂。夢幻中的小狗會永遠活下去吧。這如果不是reality，那是什麼？

第三章

瓊安．羅賓森

《回憶中的瑪妮》

在教育的第一線常常可以聽到一句話：「行為脫序、惡作劇的小孩都還好，真正困難的，是那些不起眼、什麼都不做的孩子」。確實如此，用顯而易見的方式，表現問題行動的孩子，雖然乍看之下很傷腦筋，但還是可以找到某種方式和他們對話。新手老師的視線總是被這樣的孩子奪走，忽略那些不引人注目，甚至乍看很「乖巧」的孩子，但很多時候，他們的問題更為深沉。

羅賓森[1]《回憶中的瑪妮》（*When Marnie Was There*）[2]的主人翁安娜，就是典型的這種少女。養育安娜的普瑞斯頓夫人這樣對安娜說：「你啊，並不是有什麼不好喔。也就是說，和其他孩子們比起來，並沒有任何不對勁。你的頭腦也和大家一樣聰明。」那麼安娜的問題在哪裡？那就是不管任何事情，她都「不會想要做做看」。她對什麼事情都提不起勁。雖然也有某位老師表示「要讓這孩子產生動力」，但是有誰能夠藉助別人的力量產生「動力」呢？這種想法太天真了。再加上她有氣喘的毛病，不時就會發作。對於可憐的安娜，我們到底能做什麼？怎麼做才能幫助這樣的孩子？這不是簡簡單單就可以回答的問題。在找尋「方法」（How to）之前，重要的是去理解這種「和其他孩子們比起來，並沒有任何不對勁」的孩子，理解他們內心的世界。深刻的理解是通往療癒的路，而這本書為我們指出了途徑。

1 譯註：瓊安．羅賓森（Joan Gale Robinson, 1910-1988），英國女性作家、插畫家。

2 編註：本書有中文譯本：《回憶中的瑪妮》，瓊．G．羅賓森著，王欣欣譯，台灣東販，二〇一四年。日本吉卜力公司改編為動畫電影「思い出のマーニー」，於二〇一四年夏季推出（台灣片名為「回憶中の瑪妮」）。

01 平常的表情

《回憶中的瑪妮》第一章巧妙地描寫出前述少女的樣貌，以及環繞在她四周的狀況。一開始就是普瑞斯頓夫人，為即將出發旅行的安娜送行的場景。她一邊扶正安娜的帽子，一邊說：「你要乖乖的喔。要快樂地過日子。還有……，對了，你要多曬太陽，回來的時候要充滿健康活力。」這時候，我們還不知道普瑞斯頓夫人和安娜的關係。但我們可以感覺到，大人這種東西，怎麼老是對孩子有這麼多要求！包括說這句話的我自己，也經常在不自覺的狀況下，對孩子說同樣的話，作同樣的要求。「要乖，要快樂，要曬太陽，要有活力」——大人把這樣的「重擔」加在孩子身上，也不想想這些話會帶來什麼樣的影響，還以為這就是愛的表現。

普瑞斯頓夫人接著「單手環抱住安娜，親了她一下作為告別」。安娜一方面覺得「其實她大可不必這樣做」，一方面卻努力做出「『平常的』神色」。普瑞斯頓夫人稱安娜這樣的臉是「撲克臉」。也就是說，這樣的面孔阻止任何人觸及安娜的內在，對安娜來說是重要的屏障。

普瑞斯頓夫人仔細叮嚀旅途中、以及到達目的地以後該注意的事項。火車啟動後，她心情激動，追著火車奔跑。這時候安娜的心也終於軟化，對著普瑞斯頓夫人說：「姨媽再見！」聽到安娜罕見地稱呼她「姨媽」，普瑞斯頓夫人鬆了一口氣，安下心來。從這裡我們知道她們不是母女，接下來的說明又讓我們知道更多有關安娜的事。就像前面所說的，我們知道安娜什麼都不做，「什麼都不想」，而且她有氣喘。

布朗醫生前來出診的時候，詢問安娜在學校有沒有什麼擔心的事，她回答「沒有」。簡單地說，她除了有時候因為氣喘而呼吸困難以外，沒有任何煩惱，始終是「『平常的』表情」。「那就是說，沒有問題囉？」布朗醫生說。真的是這樣嗎？其實並不是沒有問題，而是問題藏在太深的地方，連她本人都不了解。事實上我們連那個東西能不能稱為「問題」都不知道。布朗醫生應該是某種程度感覺到了，但他沒有試圖找出安娜「心的問題」，也沒有開藥。他只是和普瑞斯頓夫人商量，讓安娜到她老朋友佩格夫婦家移地療養。對於安娜的身心，布朗醫生都找不到確實的治療法，因此將她送往海邊的小奧佛頓村。他並不是期待佩格夫婦扮演治療者的角色，而是他知道，當人沒有能力治療人的時候，大自然可以。

然而，佩格這對老夫婦對待安娜的方式，即使如今最優秀的心理治療師，也不過如此吧。他們喜歡安娜，盡可能尊重安娜的自由，而且完全不做任何刺探她內在世界的事。就像布朗先生的洞見，安娜的心身都沒有本質上的問題。那麼問題在哪裡？要理解安娜的狀態，我們必須假設一個讓人的心與身結合，成為一個完整個體的第三領域存在——且讓我們稱之為靈魂。安娜的靈魂病了。她出生不久父母就離婚。隨即再婚的母親因為交通事故死去，收養她的外婆也跟著去世。安娜暫時被收容在社會福利機構，直到普瑞斯頓夫婦領養了她。就像一開始我們看到的，他們以真摯的情感對待安娜，但她的靈魂不是這樣就可以治癒的。

人無法**直接**療癒他人的靈魂。那是一個不論我們如何伸長手，也觸碰不到的領域。我們只能靜待靈魂向我們發出的、自然的行動。但是為了讓自然的行動發生，我們必須喜歡當事人的全部，並且盡可能讓她保有自由。不管佩格夫婦知不知道這個道理，但他們就是這樣做。有一次，佩格夫人的朋友史塔布斯夫人告訴佩格夫人，她的女兒珊卓菈說，安娜是個「頑固無趣的孩子」。佩格夫人直接了當地否定她的看法，並且態度堅決地表示：「那孩子對我們來說，是像黃金一般珍貴的好孩子」。安娜不小心聽到這段談話。她有什麼感覺？書裡沒有說。不過，很難想像這時候她還能保持「『平常的』面容」吧。雖然我們無法有意地碰觸到他人的靈魂，但是自然發生的事情，有時卻能夠做到這一點。

說到自然——正是自然，在靈魂這件事上面扮演了重要的角色。小奧佛頓海邊的自然景象，在安娜痊癒的過程中發揮了多大的功能，這本書描寫得很傳神。安娜第一次到海邊去的時候，聽到小鳥「pity-me-!」（譯按：可憐的我！）地叫著。把小鳥的叫聲聽成這樣子的，恐怕只有安娜吧。仔細想想，過去人類所發出的「pity」（可憐的）之類的話語，大概連她的心裡都進不去吧。但是同樣的話由海邊的小鳥發出來，卻在一瞬間抵達安娜的靈魂。

安娜第一次散步，就看到面對海口，立著一間屋子。安娜立刻直覺「這正是我一直在尋找的東西」。靈魂的世界有時會在無意之間，藉由此世的存在向我們顯現。這時候人會像安娜一樣，受到**似曾相識的情感**侵襲。安娜注視著那屋子時「被一種不可思議的感覺包圍，覺得這一切在很久以前都已發生過」。也有人用「父母出生以前」來形容這種感覺。真要說起來，安娜的確是在她父母出生以前，就認識這棟房子了。對她來說，那正是靈魂的國度。

02 靈魂國度的居民

不久之後，安娜不再「什麼都不想」，而是一直想著那間房子——大家稱它為溼地屋——的事情。如果同樣要動腦，安娜寧願思考靈魂國度的事。她用「平常的臉孔」作為對外的屏障，對內則用「不思考」來避開心的問題煩擾，等待通往靈魂國度的道路敞開。多虧佩格夫婦容許她「隨興生活」，她得以傾注全力，專心接觸靈魂的國度。溼地屋照理說應該是間空屋，但有一天安娜看見二樓的窗口，有一個女孩子正在讓人梳頭髮。靈魂的國度有人居住！安娜止不住興奮地回家。就在那途中，聽到先前說的，佩格夫人與史塔布斯夫人的對話。

佩格夫人原本預定那天要去拜訪史塔布斯家，因為有關安娜的口角而取消了。佩格先生正看著電視上的拳擊比賽轉播，她雖然沒有興趣，也陪著他一起看。知道這件事之後安娜內心的波濤，作者描寫得淋漓盡致。「安娜討厭自己，還有，討厭其他所有的人，討厭得受不了。佩格姨媽今天晚上不出門，都是安娜害的。」佩格夫人說安娜是「像黃金一般珍貴的好孩子」。但是就因為安娜，害她不能去拜訪朋友，這是多麼愚蠢的事！「佩格姨媽是傻子。是笨蛋。山姆也是傻子笨蛋——竟然會看那麼愚蠢的拳擊賽。還有，說到史塔布斯夫人！」安娜的憤怒不斷不斷地繼續，甚至把怒氣發洩在牆上的畫框。然後，「滾燙的眼淚肆意地流滿了她的臉」。

安娜的遷怒意味著什麼？明明應該要感謝佩格夫人才對，她卻把怒氣發洩在佩格夫人身上。但是在追究其理由之前，我們首先應該要為安娜感到高興；她的心第一次如此充滿情感。那是憤怒，是負面的情感。但許多時候，正面的事情一開始會以負面的樣貌出現。安娜聽到佩格夫人與史塔布斯夫人的談話，受到傷害。可是，內心的創傷往往成為通往靈魂國度的道路，而這條路拓開時的激情，經常化作難以遏制的憤怒。體驗過這樣的怒氣之後，安娜開始想像「溼地屋的女孩子」，在內心裡栩栩如生地描繪她的容貌。透過與靈魂國度的接觸，安娜過去空白的心也開始活動，逐漸被思想與情感充滿。

心一旦開始和靈魂接觸，也開始跟外界接觸。安娜在寫給普瑞斯頓夫人的信最後，「用唇印畫了兩個X作為附筆」；和那討厭的珊卓菈吵架的時候，也不認輸地罵她「小肥豬！」。她不再只有「平常的臉孔」。

安娜和靈魂的接觸，之後也變得更加密切。雖然，那其實是危險至極的事。有一天晚上，安娜划著小船到海口的房子，遇見那女孩，兩個人開始說話。女孩穿著薄薄的長洋裝，金色的頭髮，長得很美。安娜一開始雖然問她：「你真的是人嗎？」但不久兩人就熟了起來，聊得很愉快。第二次再和她見面時，知道她的名字叫「瑪妮」，也知道瑪妮的各種境遇。瑪妮是獨生女，有時候會離開住在倫敦的雙親，和照顧她的老婆婆以及兩位女僕，到這別墅來暫住。這兩個女孩變成好朋友，安娜每天晚上都來找瑪妮。有一次溼地屋舉行宴會，瑪妮還讓安娜扮成小乞丐，帶她進屋子裡，把補血草的花分送給大家。

安娜離開宴會中的眾人，走到屋子的外面，就在那兒睡著了。路過的人看見她，將她送回佩格夫婦家。一心以為安娜正在二樓睡覺的佩格夫婦，結結實實嚇了一跳。

從那之後，瑪妮經常在白天，突然就出現在安娜身旁。她們一起遊玩，天南地北，什麼都聊。安娜覺得瑪妮是她見過最漂亮的女孩子，對於自己的黑頭髮、曬黑的皮膚，感到嫌惡。不但如此，瑪妮甚至還有自己的小艇！安娜羨慕之餘，對瑪妮說：「你是個幸運的人。我要是你就好了。」

安娜對瑪妮敘述自己的境遇時怒不可遏，說自己痛恨丟下她逕自死去的外婆與母親。瑪妮試著對她講道理：「她們不是故意死去的吧？」但這樣說只有使安娜更生氣而已。讀到這裡的時候，我想起那些曾在我面前發洩同樣怒氣的人，不禁胸頭一熱。「因為生病（或者因為命運），那也是無可奈何的事」──這是旁觀者講的話。對那些母親先自己而去的人來說，即使知道這樣做是不講理的，但最想生氣的對象就是母親。但是，瑪妮說了一些安娜意想不到的話。瑪妮告訴安娜，有時候她覺得自己要是領養來的孩子就好了。如果自己是貧窮的孤兒，那麼領養她的父母一定會對她很好。會產生這樣的想法，就表示瑪妮雖然被富有的生父生母養大，卻沒有感受過溫暖的親情。聽了瑪妮這番話，安娜的情緒終於平靜下來。她告訴瑪妮一個「超級大秘密」。那就是，當初普瑞斯頓夫婦領養安娜之後，對她非常好，所以安娜也很高興。但是有一天安娜在偶然的機會下得知，普瑞斯頓夫婦因為收養她，而「得到一筆錢」。安娜試著暗示普瑞斯頓夫人，想要她自己說出這件事，但沒有結果。從此安娜不再相信普瑞斯頓夫婦的愛。有誰會因為愛某個人而收錢呢？聽完這些話，瑪妮對安娜說：「在所有我遇見過的女孩子中，最喜歡你」，並且為她拭去眼淚。經過這件事，安娜似乎卸下了心頭的重壓，一點一點地好了起來。

03 離別

安娜和瑪妮幾乎天天見面。而且，越是知道瑪妮身邊的老婆婆和女僕對她有多刻薄，就越覺得瑪妮並不是那麼幸運的人。相反地，當瑪妮知道安娜從來沒有遭遇過大人的刻薄對待，就對她說：「你是個幸運的人。我要是你就好了。」這正是從前安娜對瑪妮說過的話。感到同情的安娜對瑪妮說：「在我認識的所有女孩子當中，我最喜歡你。」安娜注意到一件有趣的情形：「你不覺得很奇怪嗎？我們兩個，好像身分對調了一樣」。

從心理學的角度來看，這種反轉現象值得注意。這件事意味著，安娜在相當程度上，已經將瑪妮這個存在融入自己的內在。由安娜與瑪妮這兩個人物所代表的事物，已經在安娜一個人的裡面統合。也就是說，安娜與瑪妮的離別將近。來自靈魂國度的瑪妮，差不多就要完成她的任務，必須回到彼岸去了。這也表示安娜必須經歷未曾有過的，激烈的情感風暴。

安娜知道瑪妮害怕風車以後，為了告訴瑪妮沒什麼好怕的，一個人跑到風車去。她爬到風車的頂端，發現瑪妮也在那裡，嚇了一跳。不久之後，風速變得很強，兩個人害怕得雙腳僵直，無法下到地面，再加上疲倦，安娜就睡著了。在半夢半醒之間，安娜彷彿感覺到瑪妮跟著前來搭救她的表哥離開。等到安娜確實醒過來，發現自己孤單一人，對於瑪妮竟然丟下她不管，感到無限的憤怒。

費盡辛苦終於從風車上爬下來的安娜，被人發現倒臥在草叢裡，將她送回佩格夫婦家。這時候佩格夫婦的所作所為，真的很了不起。他們細心、溫暖地照料安娜，對她沒有任何質問。佩格夫婦沒有半吊子的心理學或精神醫學知識，真的值得慶幸。半桶水的知識只能傷害人的心，其他一點用處也沒有。

儘管如此，安娜的憤怒還是激烈無比。她決心再也不和瑪妮說話。但她仍然躡手躡腳地溜下床，到溼地屋去，發現瑪妮被禁閉在房間裡。瑪妮拍打窗子的玻璃呼叫她：「我最喜歡的安娜！」瑪妮告訴她，自己並沒有棄她而去的意思，乞求安娜原諒。安娜聽到她這樣說，原先對瑪妮抱著激烈而苦澀的恨意，瞬間煙消雲散。安娜大叫：「當然！我原諒你！我喜歡你，瑪妮。我絕對不會忘記你，永遠不會忘記！」然而，這是安娜與瑪妮的離別。

安娜體驗到的激烈憤怒、怨恨，以及接踵而來的寬恕情感，對她的療癒來說，是不可或缺的東西。當安娜解除對瑪妮的憤怒，大喊「我原諒你！」的時候，她開始能夠接納身邊所有的人，包括外婆、母親、普瑞斯頓夫婦，還有她自己的命運。瑪妮治癒了她，她也撫慰了瑪妮。然而，這正是瑪妮離去的時候，也是安娜面對生命危險的時候。安娜因為疲勞與大雨跌落海口，就在將要溺死的時候，很幸運地得救了。

這真的是一本了不起的書。一方面它生動地描述安娜與瑪妮美好的交流，但同時我們也可以將瑪妮這個角色完全拔除，整個過程仍然呈現一個完整的現實。如果隱去瑪妮這個角色，我們看到的是一個為了治療氣喘而前來移地療養的少女，在隨意任性的生活中精神逐漸失常，半夜私自離開家、攀爬風車等，做了許多危險的事。難得佩格夫婦對她這麼好，她卻讓自己陷入差點溺死的險境。珊卓菈稱呼安娜是「瘋子」。這件事意味著什麼？當一個人進行直抵靈魂次元的深層治療時，經常不得不徘徊在精神病、自殺以及意外死亡的危險邊緣。這種時候，唯有在佩格夫婦這樣的人，或是大自然的守護下，治療才可能成功。

差點溺死的安娜，四周圍繞著憂心忡忡的佩格夫婦，普瑞斯頓夫人也急急忙忙趕來了。但是，這一次安娜能夠確實感受到普瑞斯頓夫人的關愛。與瑪妮交往的經驗，使她開始擁有感受他人善意的能力。

安娜恢復健康之後，有一天在砂丘上散步，突然想起瑪妮的事，忍不住哭了起來。「不過，就在她哭泣的時候，一種嶄新的、令人舒服的失落感，悄悄地來到安娜身邊。那是當你度過一段快樂的時光，結束時的失落感，和你失去某些事物，再也找不回來時的失落感，是不一樣的。」

離別令人失落傷心。但是，伴隨著充分體驗的別離，將為我們安排新的際遇。的確，安娜大概再也見不到瑪妮了。但就像安娜的呼喊，她「永遠不會忘記」瑪妮，在這個意義下，瑪妮將永遠與安娜同在。知道瑪妮的存在以後，安娜應該會感覺到自己和他人來往互動的方式，自然地逐漸變化。她不再需要隨時保持「『平常的』臉孔」。不論是正面或負面的情感，她都已經充分體驗，也獲得了表現這些情感的能力。對於這樣的安娜，繼瑪妮的告別之後，命運又為她安排了出乎意料的際遇。

04 命運

林賽一家買下、並住進了溼地屋。安娜認識他們的過程非常有趣，不過且讓我們略過不談。總之，安娜和林賽夫婦以及他們的五個小孩成為朋友，受邀到溼地屋玩。這時候，安娜已經知道瑪妮的存在是自己的「幻想」，而新認識的林賽家人，讓她感受到更具現實感的、人際關係的樂趣。

林賽家的孩子中，特別內向的女孩普莉希菈，在自己的房間裡找到一本古老的筆記簿。普莉希菈因而知道，從前有一個叫作瑪妮的女孩子住在這裡，這本筆記簿就是她的日記。普莉希菈特別喜歡安娜，於是把瑪妮的日記拿給安娜看。日記裡所記載的瑪妮的經歷，和安娜所知道的瑪妮十分吻合。

我們無法在這裡引述詳細的經緯，總之大家發現了一個驚人的事實——安娜是寫下這本日記的瑪妮的外孫女！透過各種證言，安娜知道活在她幻想中的瑪妮，和實際存活過的瑪妮非常相像。

這是多麼不可思議的命運！然而，這本書具有一種高貴的品質，使它不至於流於所謂的因緣故事。因為，透過對一位少女靈魂世界的精確描寫，它具備了強大的說服力，讓我們感覺，當我們和靈魂世界發生連繫時，那種奇妙的命運、那些發生的事件，都是一種必然。調查之後大家發現，安娜的外婆瑪妮，被迫活在缺乏父母愛的生活裡。就像安娜「幻想」中的瑪妮，大多數的時候父母棄她於不顧。因為瑪妮沒有感受過父母的愛，瑪妮的女兒——安娜的母親——也是如此。所以，她對安娜也沒有太多的愛。

「這是誰的錯？是誰不好？」林賽家的孩子聽到這個悲傷的故事後，忍不住這樣問。但實際上，這不是誰的錯，也沒有誰不好，只能說這世上有各種不同的命運。奇妙的是，過去似乎活在惡運裡的安娜，現在有了幸運的生活。就像安娜和瑪妮在討論「幸運」時所發現的，要判斷一個孩子是幸運或不幸，其實不是件容易的事。當我們簡單地設下判斷的標準，的確馬上就可以做出幸或不幸的宣判，於是擁有自己小艇的孩子，就比沒有的孩子幸福。

但真的是這樣嗎？

話雖如此，這個故事中實際存在過的瑪妮，也就是安娜的外祖母，真的就是不幸的嗎？雖然日記裡沒有寫，但誰敢斷言，在溼地屋寂寞度日的瑪妮，沒有一個叫「安娜」的靈魂之友，和她一起度過了快樂的時光？當我們看待事物的觀點不斷向深處挖掘——或者說，不斷向高處攀升——的時候，幸與不幸的差別將無限縮小，浮現在我們眼前的，將會是一幅精彩的藍圖。乍看幸運的人，要是滯留在她的幸運裡，一見不幸的人，如果只知道感嘆自己的不幸，那麼就看不到整體的藍圖，無法活用自己的命運。

安娜恢復元氣之後，普瑞斯頓夫人向安娜「告白」自己因為收養她，而收到一筆錢的事。安娜覺得卸下心頭一塊巨石，忍不住說「要是早一點告訴我就好了」。確實如此。大人們總是「過於為孩子著想」而隱瞞真相，但很多時候，這樣的愛往往只是圖自己方便的藉口。不過，這件事是否可以有其他的看法？事情發展到這個階段，不管誰都會像安娜一樣，認為應該「早一點說」。但事實上，這時候說不定才是最恰當的時候。因為知道普瑞斯頓夫婦收取金錢報酬，安娜的心情劇烈動搖，在這個動搖之中發生了「瑪妮經驗」，因此學會了接受、包容與愛。普瑞斯頓夫人的「告白」，正是時候。秘密的揭開，有它適宜的「時機」。

關於幸與不幸，書中也寫出了安娜自己的感受。過去安娜一直感覺到一個看不到的、魔法的圓圈存在，所有其他的人都在圈子的「內側」，唯獨自己是在「外側」。但是到了最後，安娜覺得「在『內側』或在『外側』，真的是一件不可思議的事」。「它和你身邊是否有人陪伴無關，和你是獨生子女，或是大家庭的一員，也一點關係都沒有。……內側或外側，決定於你內在的感覺。」她也發現，即使是像林賽家這種幸福家庭的成員，有時候也會感覺自己在「外側」。

還有一個人，在安娜完成她意義深遠的命運過程中，扮演了重要的角色，但因為篇幅的限制，一直沒有出現在我們的介紹裡，那就是划渡船的男人萬圖曼尼。萬圖曼尼是家中的第十一個小孩，於是被命名為多餘的孩子（one too many）。從小所有的人都把他當作「多餘的孩子」對待，是一個孤獨寂寞的男人。就是他在安娜瀕臨溺死邊緣的時候，救了她的性命。萬圖曼尼的出現總是不起眼，就像全書中的「多餘的孩子」，但卻是一個不可或缺的人物。

讀完本書，我覺得前半部描寫幻想世界中安娜與瑪妮的互動，給人生動的真實感，反而後半部有關現實中瑪妮的敍述，給人架空虛構的感覺。我把介紹的重點放在前半部，後半部現實的故事則大多割愛，這是原因之一。即使如此，所謂的reality，還真是不可思議的東西啊！

第四章

今江祥智

《小少爺》《哥哥》《我們的阿母》

01 星座（constellation）

夜裡抬頭望向天空，你會覺得星座真是不可思議的東西。幾顆星星被配置成一組，雖然整個星座的位置會隨著時間改變，但星星之間的相互關係、星座的形狀，卻是不會變的。到底是誰，根據什麼，想出這樣的組合與配置來？就算我們想要做些改變，但是因為它**已經形成**這個樣子了，我們什麼也做不了。比方想要將北斗七星的配置，調整成比較工整的形狀，那不是簡簡單單可以做到。在這個意義下，星座（constellation）這個字和心理治療師這個行業，有密切的關聯。舉例來說，有人因為想要改變飲酒過量的習慣而前來尋求幫助，但要讓他戒酒並不是那麼簡單的事。飲酒過量的人，被安排、放置在一個使他不得不飲酒過量的系象（constellation）裡，想要挪動一點點都不可能。這麼說來，這個人的毛病一生都改不了嗎？倒也不能如此斷言。

因為即使是星座的配置，其實也是會改變的。

今江祥智[1]用了十年的時間，寫作了三部連作。其中的第一部《小少爺》（『ぼんぼん』），故事就從星座開始說起。主人翁是小學四年級的小松洋，和哥哥洋次郎去參觀天象儀，因而知道了令他們震驚的事實。那就是，

1 譯註：今江祥智（1932-2015），日本兒童文學作家、翻譯家。

2 譯註：constellation 這個字原意是「星座」，榮格借用這個字來指稱「系象」這個概念（中文也有人譯為「排列」「聚合」，日文有人譯為「佈置」）。榮格派的心理學家之間，對「系象」的解釋並不是非常一致，河合隼雄先生也有他獨特的詮釋：

> 人的內在現實（事件、現象、狀態），和圍繞在他四周的外在現實，呈現一種對應關係。當這種對應關係形成一種具有意義的「意象」（image）時，榮格稱之為「constellation」。……constellation 是一種共時性的佈置，無法用歷時性的因果關係說明。（河合隼雄『イメージの心理学』）。

因為本書是河合先生的著作，我們採用他的用法。感謝徐碧貞老師指導，並慷慨提供「系象」這個譯名。

雖然現在北極星仍位於北方，但是在一萬二千數百年之後，織女星將取代北極星的位置，成為新的北極星。勺子狀的北斗七星，也會逐漸——在幾萬年之內——變形。透過天象儀的模擬影像，他們親眼看到這些變化，「在這對兄弟的腦海裡，『絕對不會改變的東西』之中的一個，靜靜地瓦解了」。這個極具象徵性的事件，揭開了故事的序幕。大阪的小少爺小松洋，將要在短短三年中，以劇烈的方式見證那些「絕對不會改變的東西」，能夠改變到什麼程度。在小孩子的心中，三年經常抵得過數萬年。三年之間，原本以為不變的星座，將會改變樣貌。在這個短時間內，洋將會失去父親，家也會燒毀。同時他將知道，他一直信以為神的天皇，其實是人。

《小少爺》、《哥哥》（『兄貴』）、《我們的阿母》（『おれたちのおふくろ』）這三部連作，分別以小松洋、他的哥哥洋次郎、還有他們的母親為中心展開，但各自的情節彼此吻合，可以互相印證，形成了立體化的效果。這三部作品描繪出小松家這個系象，以及包圍著小松家更大的系象，精準地映照出它們的變貌。如果讀者們允許我說出個人喜好的話，其中我最喜歡的是《小少爺》。首先主人翁是小學四年級生，就已使我心動。人生的軌道中，有一些標示著變化的轉折，比方結婚、就業、退休等，就是顯而易見的轉折點。但是從內在來看，人普遍會在某些年齡——雖然某種程度因人而異——發生劇烈的變化。第一反抗期、第二反抗期是一般熟知的說法，但我認為在這兩者之間，小學四年級也是一個重要的轉折。這一點在《小少爺》裡有精彩的描述。在那一年之內，孩子的內在世界發生了相當於數萬年的變化。

小松家是由五個成員組成的家庭。感情良好的夫婦洋太郎與正子，加上前述的兩個孩子，還有當初小松夫婦以為自己不能生育，所領養的洋一，也就是洋次郎與洋的哥哥。洋一原本是正子的哥哥（書中稱為「內田的舅舅」）和情婦生的孩子。洋太郎和正子領養了洋一之後，雖然自己也生了孩子，但是洋一就像他們親生的孩子一樣，完全融合在家族裡。這是一個和睦而具有包容力的家，經濟上也相當豐裕。洋次郎擁有當時極為稀有珍貴的「洋樂」唱片，和平生活下大阪少爺幸福的樣貌，生動地浮現在我們眼前。

然而，這份和平卻因為父親突然死亡而打破了。洋太郎滑了一跤，撞擊到頭部而死去。小松家中心的北極星消失了蹤影。但變化不止於此。擔心失去父親的孫子，前來陪伴他們的奶奶，不久之後也過世了。從軍的洋一，戰死在新幾內亞。最後，小松家在戰爭的災害中，全部付之一炬。

這一切對一個小學四年級的孩子來說，實在太難以承受了。但仔細想想，其實生活在這個**和平**時代的孩子們，也正在內心體驗同樣的變化。雖然《小少爺》三部作品描寫戰時的事情，卻受到不認識戰爭的現代兒童喜愛、理解，就是這個緣故。我們大人千萬不能被外表的和平狀態矇騙，而忘記了孩子們內在正在發生的戰鬥。空襲之後，洋不得不面對「地獄」的光景。但是，今日的孩子們也正體驗著這樣的地獄。只是，它不容易表現於外在，大人很容易就忽略了。

「戰爭」破壞了小松家原本安定的系象。它到底是什麼樣的東西？

02 鬥爭

鬥爭是可怕的東西。許多鬥爭以「正義」為名，輕易就奪走大量善良人們的生命與財產。《小少爺》中對於空襲傳神的描寫，《哥哥》裡從空中俯衝下來掃射的戰鬥機，在在喚醒我們這些活過同一個時代的人，許多同樣的恐怖記憶。像今江祥智這樣，記錄下那些主動發起戰爭的人，對於信仰的狂熱與盲目，帶給一般市民多大的痛苦，是一件值得感謝的事。人這種東西，能夠在「正義」的旗幟下，實行何種程度的惡，我們必須有清楚的認識。

然而，雖然說「鬥爭」不好，但想要在人類世界中將它完全去除，是不可能的事。為了避免誤解，必須立刻在這裡說明，我所說的「鬥爭」，指的是人與人之間、或是人的內心之中所產生的爭鬥，而不是戰爭。人以集體的方式，拿著武器互相殘殺，這種事情絕對要避免。但是，防止戰爭和抹消人類與生俱來的競爭心與鬥爭心，是兩回事。相反地，我們必須對競爭心與鬥爭心的存在有所自覺，認真思考如何與它們共存，才是防止戰爭可能的方法。

這樣想的話，就會注意到這套三部作裡，有許多對「爭鬥」與「對立」的描寫，打架的場面相當多。戰爭應該被唾棄，打架也絕不是值得讚許的事，這是毫無疑問的。但是，就像第一章我們討論凱斯特納的《飛行教室》時所指出，在人生的發展階段中，少年時代肉體力量的表現，能夠讓心智有最健全的發展，這也是事實。在這種地方，我們也可以看到人生的矛盾與弔詭。

說到爭鬥，感情很好的洋次郎和洋也有過爭執。導火線是洋同學的哥哥，因為有間諜的嫌疑，被憲兵抓走。認同日本軍國主義的洋次郎——當時幾乎所有的少年都是如此——看到洋同情「間諜嫌犯」的態度，非常生氣，打了洋一個耳光。洋在日記裡寫下「今天失去了——哥哥和我之間有過的某種東西……」。為了成長，這是無論如何都需要的爭執。升上小學四年級，開始擁有自己看法的洋，不可能再每件事情都和哥哥意見相同。為了洋的成長，「哥哥和我之間有過的」單純同步關係，必須一度切斷。雖然說切斷了舊有的牽絆，但兩人的關係並不會因而斷絕。透過作者的描述，可以看到他們開始發展新的、不同層次的關係。

洋在父親過世後，完全認同洋次郎，後來經過必要的對立而開始成長。那麼洋次郎的情況又是如何？他的命運似乎比較可憐。他有洋一這樣一位哥哥。但是，「不知道為什麼（幾乎可以說，大概是本能地）兩人沒有吵過架」。這短短一句話，扼要地表現出洋一與洋次郎值得同情的命運。戰爭是不好的。但是兄弟姊妹完全沒有吵過架，卻是件悲傷的事。不僅如此，對洋次郎來說令人遺憾的是，進入青春期必須與之對決的父親，已經不在了。

「戰敗的隔日，洋次郎氣呼呼地丟下『我有要幹的事……』一句話，就到學校去了」。洋次郎想要做什麼？「總之幾乎所有的老師，全都厚顏無恥、若無其事地講著和昨天為止完全相反的話。學生們憤怒到極點，氣得都傻了。更令人厭惡的是，老師們全都面帶微笑說話，讓這些舉起來的拳頭不知道要放到哪裡去……」儘管如此，洋次郎必須讓拳頭落下。但遺憾的是，這沒有辦法成為對他成長有幫助的對決。

只有當雙方都真誠地投入自己的存在，才能形成對成長有幫助的對決。挨了洋次郎怒拳的教師們，恐怕從頭到尾都只有逃避吧。挺直腰桿接受這位青年挑戰的權威，一個也沒有。尋求必要對決的洋次郎參加了共產黨，試著和國家權力對決，但是沒有成功。於是洋次郎徹底改變立場，前往土佐[3]。這一次的「大轉向[4]」或許可以說是洋次郎成長的一步，但看到這整個過程不禁讓人覺得，不能在親密的人際關係中經驗到適當的對決，終究是人生的一大損害。

那麼，「我們的阿母」正子又是如何？首先在正子結婚之前，有一場因她而起的對決。細節請讀者們閱讀原著，總之有兩位青年為了正子，進行了一場認真卻有點可笑，充滿大阪人特性的對決。這個部分相當有趣。對女性來說，即使不是親自直接參與，也經常可以透過肇因於自己的對決而成長。正子就這樣在結婚前經過了她的成長階段，幸福滿滿地結婚了；原本被認為不幸的孩子，得到了幸運。但是，正當她覺得世上再也沒有人像自己這麼幸福的時候，正子被推落意想不到的深淵。這件事在整個三部作之中，是非常重要的一件事，讓我們另起章節來討論。

3　譯註：土佐是日本地名，位於南部的高知縣。

4　譯註：日文「轉向」的意思是立場、方向的改變，但一般特別指共產主義者、社會主義者放棄他們的思想與信仰。

03 絕對與相對

一直到敗戰之前，天皇在日本是絕對的存在。不要說是天皇了，就算是一等兵或二等兵，只要嘴裡唸著天皇之名，就變成不可質疑的。這個「絕對」是如何荒唐瘋狂，又是如何脆弱、在一夕間瓦解，這套三部作描寫得非常精彩。但對正子來說，即使在戰時，天皇也不是絕對的。很多女性以她們特有的直覺，看清了這個事實。但是洋太郎在正子心中是絕對的，即使在洋太郎破產、執行官揮舞著法院封條的時候，也沒有絲毫動搖。事實上，他們兩人同心協力、度過難關，讓洋太郎東山再起，以副社長的身分在名古屋創辦了新公司。然而，洋太郎在名古屋有了外遇，正和朋友偷偷商談的時候，不小心被正子聽到了。對正子來說，「絕對不會改變的東西」，瞬間崩毀潰散了。

正子的憤怒與悲傷是無法衡量的。那是什麼樣的變化，都寫在《我們的阿母》裡。洋太郎和朋友發覺正子聽到他們的悄悄話，大吃一驚，不知如何是好。但是當他要回名古屋的公司時，隨口問了正子要不要也去一趟。正子大概覺得自己一個人旅行很痛苦，於是帶著洋一起到名古屋。「不管要吃什麼爸爸都請客唷！」聽到父親這樣說，洋要求吃「蛋包飯」。洋在副社長的辦公桌前吃著蛋包飯時，兩個大人進行了一場極為日本式的對話。洋太郎問正子，作為一個副社長夫人有沒有什麼不滿？跟著又加上一句「今後我也是每個月有一半時間必須待在名古屋的工廠。在這種情形下，作為我的太太有沒有什麼不滿？」正子盯著丈夫的眼睛，正想著「不想失去這對眼睛的光芒」時，洋剛好把蛋包飯吃個精光，大聲說：「啊——啊——好幸福……」。正子的心思被洋吸引過去，回答他：「那太好了……」。「幸好！」洋太郎和朋友暗自竊喜。但正子「一半覺得『被巧妙地矇混過去了』，另一半卻覺得『這樣也好』。這樣子就不需要分手了，但是又等於默許『那女人』的存在……心裡百味雜陳」。

這是一種日本式的解決方法。但正子真正原諒洋太郎，應該是他死掉以後的事了吧。因為原諒了洋太郎，所以她才會不顧眾多親戚的反對，打電報邀請「那女人」參加葬禮。人不是那麼簡單就可以原諒別人的。我們有時候會覺得某個現實中的人是「絕對」的，但總有一天會知道並非如此。不過，從來不曾認為任何人「絕對」的人，是不幸的，而沒有體驗過當「絕對」相對化時所帶來的痛苦，就談不上是成熟的人。當絕對性破滅的時候，如果之前彼此的關係不夠深，或者之後的努力不足，兩個人的關係將就此毀壞殆盡。除非是如此，否則雖然外表的絕對瓦解，也感受到相對化帶來的痛楚，兩者還是有機會發展出更深的關係。

對孩子來說，母親一直到某個時期為止都是「絕對」的，然而相對化也必定在某個時刻來臨。《小少爺》沒有提到洋太郎與正子的齟齬，反而是描述了父親葬禮上出現一個美女的事。「那是誰？」洋滿腹狐疑。洋次郎告訴他：「人家說名古屋的阿姨，就是這個人。」對洋來說，名古屋的阿姨是奇妙的存在。從來沒有見過面，卻送他很棒的玩具，而且還是個美人。洋正在高興的時候，阿姨卻說：「小少爺，對不起」，向他道歉。洋隨即捲入葬儀的忙亂之中，和這位阿姨不再有機會接觸，卻始終不知道她為什麼向自己道歉。對洋來說，絕對的父親死去了，母親正要越來越絕對化的時候，名古屋的阿姨卻出現在他的眼前，讓母親成為相對的存在。我們不得不感嘆系象的變化之妙。如果洋的母親在這個時候絕對化了，對他的成長來說並不是好事。

將實際存在的某個人或某種事物絕對化，是一種輕鬆的生存方式。當然，對某個年齡或某種時期來說，那是必要的。但是，「絕對」不應該是實際存在的人或物的屬性；「絕對」應該是某種方向的顯現。因此，被我們絕對化的人或物，遲早一定會相對化。正因為在相對化的過程中迷惘、苦惱，我們才能摸索著向「絕對」這個方向前進。洋次郎有一種將現實中的事物視為絕對的強烈傾向。戰爭的時期他將神國日本絕對化，戰後又把共產黨絕對化。在這一點上，洋不容易被絕對性的東西俘虜，也因此吃了不少苦頭。不過即使洋有這樣的個性，對他來說「媽媽」仍然接近絕對，因此出現在父親葬禮上的名古屋阿姨，具有重大的意義。這一段的描寫讓我非常感動。對兒童文學來說，這是很難處理的題材，而作者寫得非常好。

《我們的阿母》在處理這個題材的時候，有些地方怎麼看都是以正子的視點來描寫，脫出了兒童文學的範疇，有點可惜。不過如果有人主張，因為這裡寫的是大人的事情，採用大人的觀點也無所謂，不需要固執「兒童文學」的框架，我也沒有異議。

當然，我本來就絲毫沒有主張「兒童文學不應該描寫父親的女性關係」的意思，反而我認為，我們必須透過「孩子的眼睛」把這樣的事情寫下來，而且如果做得到的話，將會是很了不起的事情。雖然我們可以說這裡的情節過於困難，脫離兒童文學的框架也難以苛責，但不能忘記的是，正因為堅守我們亟欲擺脫的框架，人類才能開拓出新境界的自由。一邊聽著大人們微妙的談話，洋嚐到的，不只是蛋包飯的滋味。或許要直接化為語言並不容易，但既然洋已經在現場，用他的眼睛看著這一切，作者只要再往前走幾步，一定可以找到新的表達方式。吃完蛋包飯，他大聲說：「啊——啊——好幸福」，不完全是偶然吧。其實只要再努力一下，應該就可以透過「洋的眼睛」來記錄這個事件。真的很可惜。

04 靈魂的導師

不相信現實中存在著絕對，雖然恐懼，仍然在相對中顫顫巍巍地站起，只有這樣我們才能朝著正確的方向前進。話雖如此，我們總希望有人能引導我們。尤其是對洋次郎和洋這樣的少年來說，導師無論如何是必要的。但如果扮演導師角色的，是「絕對跟著我就對了」這種類型的人，那就糟了；不過和孩子一起迷失的，也完全不行。那麼，什麼樣的人才是理想的導師？彷彿是來解答這個困難的問題似的，佐脇先生這位了不起的人物登場了。為《小少爺》撰寫解說的上野瞭這樣說：「這個故事的魅力有一半以上，在於佐脇先生這個角色的設定。作者讓他大膽、細心、特立獨行，和洋一家人命運交疊在一起[5]。」關於這一點，我完全同意他的想法。

父親、祖母相繼死去，小松家變得死氣沉沉，就在這時候，內田的舅舅差遣佐脇先生，到小松家幫傭。佐脇先生已經六十歲了，卻擁有凌駕年輕人的體能。他的活潑積極重新喚醒了小松家的生命力，而洋次郎和洋雖然失去了父親，卻得到這位好導師，得以度過困難的戰爭時期。關於佐脇先生，我在別的地方已經詳細敘述過[6]，原本無意在這裡重覆，但他實在是很重要的人物，還是不得不稍作介紹。

佐脇先生同時具有老人的智慧與年輕人的力量；不僅如此，他很會畫畫，烹飪也很拿手。在一個事件中他假扮成海軍少校，把軍隊騙得團團轉，本領發揮得淋漓盡致，簡直像超人一樣。洋次郎是游泳社的成員，但學校的

5 原註一：上野瞭「解説」、『今江祥智の本　第五巻・ぼんぼん』理論社、所収。

6 原註二：河合隼雄〈《小少爺》與搗蛋鬼（trickster）〉（「『ぼんぼん』とトリックスター」）、『児童文学一九八〇』聖母女学院短大児童教育学科。

游泳池被「大日本帝國陸海軍軍隊」佔用了，還禁止學生使用，他很想知道原因。佐脇先生發現洋次郎的想法，於是偽裝成海軍少校，混入正在游泳池進行訓練的軍隊裡，打探到了秘密。雖然是令人愉快的故事，但想想當時日本軍隊的情形，這真的是玩命的行為。他為「大日本帝國軍隊的尊容」染上了滑稽的顏色，引發了一場精彩的價值顛倒。

洋一直無法進入由日本軍隊帶頭的絕對世界，產生了許多困擾，佐脇先生則想盡各種辦法掩護他。戀愛是那些意圖製造絕對世界的人，最想要禁絕的東西之一。戀愛擁有無比強大的力量，可以一舉讓其他的事物瞬間相對化（雖然有時候戀愛本身也會被絕對化）。因此在戰爭時期，戀愛的價值極度受到貶抑。洋還是小學四年級生，或許還稱不上戀愛，但他的確受到兩個女孩子的吸引：參觀天象儀時偶然認識的、來自京都的島惠津子，以及同學白石渚。佐脇先生察覺洋的心意，不著痕跡地製造機會讓洋接近這些女孩子，必要的時候出手相助。兼具力量與溫柔的佐脇先生，在洋的眼裡是值得信賴的存在。

像佐脇先生這樣的人，應該可以視為典型的「搗蛋鬼」（trickster）吧。搗蛋鬼在全世界的神話與傳說中，都是非常活躍的存在。他們變幻莫測、神出鬼沒，有時候惡作劇、有時候搞破壞，但經常從這樣的行為中誕生新的創造。他們在破壞既有秩序與體系的同時，帶來新的統合。比較低級的場合，搗蛋就只是搗蛋而已，但是層次較高的搗蛋鬼——就像佐脇先生——是接近英雄的存在。

這樣的佐脇先生，也被憲兵殺害了。聽到戰爭結束時的「玉音放送」（譯按：二次大戰日本戰敗投降時，天皇對日本人民的廣播），幾乎所有的人都聽錯了，以為那是為了激勵人民繼續作戰的言辭，只有佐脇先生了解真相。他一說出「日本，輸了」，立刻就被憲兵殺死。雖說賭命「說出真相」，本來就是搗蛋鬼的特性之一，但這個死亡的場面真是無比淒涼哀絕。日本終於戰敗，正要開始看見新的光明時，他對小松一家的任務，已經結束了。

佐脇先生對洋所扮演的角色，和另一部兒童文學作品中的「搗蛋鬼」，形成很有趣的對比。那是柯尼斯柏格[7]的《微笑吧！蒙娜麗莎》（*The Second Mrs. Gioconda*, 1975）[8]之中，達文西與莎萊之間的關係。莎萊既是小偷又是騙子，很明顯是個搗蛋鬼。他一方面是達文西靈魂的導師，同時又勤快地為達文西與女性媒合。雖然同樣都是搗蛋鬼，但佐脇先生和莎萊有很大的差異。年幼的洋需要像佐脇先生這樣有如超人般的搗蛋鬼，但本身就像是超人的達文西，需要的反而是軟弱的騙子莎萊。雖然外觀完全不同，但是以搗蛋鬼的角色擔任靈魂的導師這一點，佐脇先生與莎萊是共通的。

7　譯註：柯尼斯柏格（Elaine Lobl Konigsburg, 1930-2013），美國兒童文學作家，作品富於機智。

8　編註：本書有中文譯本：《微笑吧！蒙娜麗莎》，柯尼斯柏格著，鄒嘉容譯，東方出版社，二〇〇七年。

05 時間與生命

即使是星座，幾萬年之後樣貌也會改變。這三年對洋來說，某些內在的經歷就好像經過了幾萬年。圍繞著他的系象已經完成他意想不到的變形。《哥哥》裡的洋次郎，變化也很激烈。那麼，阿母又是如何？《我們的阿母》從明治四十二年（一九〇九年）開始，一直到昭和四十二年（一九六七年）她永眠為止，描述正子的一生。明治四十二年的正子登場時是個網球少女，打的是當時極為稀奇的「草地網球」。接著在哥哥（內田的舅舅，當時已經在大阪上班）的介紹下，她離開鄉下到大阪工作，並且和洋太郎一見鍾情。《我們的阿母》每一章結束的時候，都會記載那一年發生的重要事件，讓我們得以深刻地感受到，時代如何刻劃正子生命的年輪。舉例來說，在記載明治四十二年伊藤博文於哈爾濱車站被射殺之後，寫著「紅豆麵包一個一錢，金蝙蝠香菸一包五錢」。正子死亡的昭和四十二年，寫著「痛痛病[9]、阿賀野川水銀中毒[10]的原因，確定是工廠廢水」，以及「理髮費四百二十円。咖啡八十円。醬油（二公升）二百零八円二十一錢」等等。

戰爭即將結束的昭和十九年，我們首先看到「六月十六日——中國基地的B29轟炸機初次對九州發動空襲」、「東條內閣總辭職」等，跟著是「雞蛋三百七十五公克五十九錢。電燈泡（五十燭光）五十一錢」等等。價錢是另外一回事，當時要買到這些東西本身就很困難。作者羅列這些事實，讓我們深切感受到小松正子這位女性，其生命軌跡的長度與多樣性。

在《我們的阿母》中，正子漫長的生涯，是以她死前一瞬間「瀕死經驗」的形態，呈現在我們眼前的。

之前在討論洋的時候我們說過，外界三年間發生的事，相當於洋內在的數萬年。而在這裡，正子一瞬間的內在體驗，卻對應於外界的好幾十年。牽涉到人生命的深度時，「時間」是伸縮自如的。短的可以變長，長的也會變短。那是時鐘無法測量的「時間」。

在阿母的體驗之中，洋出生的場面給我很深的感動。正子在懷有洋的時候，得了乳腺炎而接受手術。因為她非常衰弱，醫生勸她放棄這個孩子，但正子決心生下這個小孩。抱著必死的決心生下來的嬰兒，卻沒有啼哭。「趕快哭！哭出聲音來，好好跟大家打個招呼……」正子一邊等著，一邊在心裡禱告。小嬰兒終於哭了，發出「蟈、蟈」，好像青蛙被壓扁時的叫聲。「好嗓子！多洪亮的聲音啊。真的是，好聲音呦……」正子微笑著睡著了。孩子的誕生，真的是令人感動的時刻。這個故事更動人的地方，在於已經接近死亡的正子，重新「經歷」了這個過程。透過許多案例報告，最近人們逐漸知

9 譯註：痛痛病，一九一〇—一九七〇年代發生在日本富山縣，是世界最早的鎘中毒事件，也是日本四大公害病之一。鎘中毒導致骨骼軟化及腎臟衰竭，患者極度疼痛而不斷叫喊，故稱為痛痛病。

10 譯註：阿賀野川水銀中毒事件發生在新潟縣阿賀野川下游，稱為「第二水俣病」或「新潟水俣病」，一九六五年確認。日本四大公害病之一。

道，瀕臨死亡的人似乎會在一瞬間「經歷」自己的全部人生。作者對於正子的人生剎那間凝集、再現的描寫，令人動容，尤其是走向死亡的人擁有新生體驗這一點，更加深了我們的感觸。

洋接獲母親危篤的通知，立刻從東京飛往土佐，但還是沒有趕上。他衝進病房時，母親剛剛嚥下最後一口氣。但是，就在洋次郎出去和葬儀社商談，洋一個人陪著母親的時候，阿母的「遺容踏上了旅程」。阿母的臉孔不斷產生變化，逐次變得像她的父母、手足。然後難以置信地，她開始恢復年輕，「變成年輕女郎的臉，少女的臉。洋就好像觀賞『百面相[11]』一樣，屏住呼吸，注視著這場人生最後的『戲劇』」。

就這樣，洋和阿母一起走過了瞬息間的「旅行」，真切地感受到生命與時間的奇妙。經由這樣的體驗，洋感覺到彼方有某種稱得上「絕對」的東西。在日本戰敗的時代背景下，洋從小就經驗過強烈的相對化；和周遭許多善良的人交往，也讓他學會不要輕易地將事物或人絕對化。即使如此，這一趟「旅行」讓他不至於在無邊無際的相對化中解體潰散。「絕對」雖然沒有明確的外形，卻在這三部作的底層，如一股靜流般綿綿地流動著。那是時間之流，也是生命之流。

11 譯註：「百面相」是日本一種民間的表演形式，表演者以手帕、假鬍子等簡單的道具，不斷變換成各種人物的面容。又稱「生人形」、「變相術」。

第五章

彼德．赫爾德林

《曾經有個叫希貝爾的孩子》

01 名叫希貝爾的孩子

如果是日本人，聽到希貝爾（Hirbel）這個名字，大概不會有什麼特別的感覺。但要是德國人，一定會覺得這個名字很奇怪。不只奇怪，聽到這個名字，甚至會開始想像那是個什麼樣的孩子。希貝爾其實是綽號，這少年的本名叫卡爾洛特，不過所有人都用綽號叫他。在德語裡，希恩（Hirn）是腦或智能的意思，威貝爾（Wirbel）的意思是漩渦、混亂。這樣一說明，就知道希貝爾這個名字，會喚起人們什麼樣的想像了吧！這少年的腦子裡，有漩渦在攪動著。

希貝爾是個可憐的少年。父不詳，母親遺棄他，被收容在遠離鎮上的育幼院。他經常受到不明原因的頭痛侵襲，痛起來的時候會變得神智不清。而且所有的醫生都說，希貝爾的病大概是治不好了，將來只能住到醫院去，沒有別的辦法。剛才我們說希貝爾是「可憐的少年」，但對於這樣的孩子，只要說聲「可憐」就好了嗎？我曾經遇到一個生下來就和希貝爾命運相似——雖然不是完全相同——的孩子。有人問我：「這孩子是為了什麼生到這世界上來？」我除了保持靜默，不知道還能做什麼。因為我很清楚，出於同情或感傷的回答，一點意義也沒有。第三章討論的《回憶中的瑪妮》，主角安娜也是個可憐的孩子。但是——雖然過程艱辛危險——安娜至少還有「治癒」的可能性。像希貝爾這樣的孩子，為什麼生到這世界來？我們能為希貝爾做些什麼？彼得·赫爾德林[1]的《曾經有個叫希貝爾的孩子》（*Das war der Hirbel*, 1973）[2]雖然沒有直接回答這個困難的問題，卻以溫暖但絕不濫情的態

1 譯註：彼得·赫爾德林（Peter Härtling, 1933-），德國作家、詩人、兒童文學作家。作品題材多半處理歷史、作者的二戰經驗、浪漫派文學音樂，以及與兒童有關的社會問題。

2 編註：本書中文版書名為《這就是貝貝》，彼得·赫爾德林著，徐潔譯，宇宙光，二〇〇八年。

度，注視著希貝爾這孩子，是一部了不起的作品。

希貝爾的育幼院，有兩位保姆。繆勒老師的年紀相當大了，而麥雅老師則「非常年輕，努力地想要和孩子們對話」。麥雅老師第一次見到希貝爾的場面，令人印象非常深刻。新來的麥雅老師想要讓吵鬧的孩子們安靜下來、上床睡覺，卻聽到嚇人的、像動物咆哮的聲音。名叫葛奧格的孩子告訴麥雅老師，那是躲在衣櫃裡的希貝爾發出來的聲音。

「……那裡，是他的家喔。要是進去他的家，他會咬你、打你，還會抓你唷。」

葛奧格說得沒錯，衣櫃是希貝爾的家。人都需要「家」。可以讓我們身心都放鬆、平靜的地方，就是家。對希貝爾來說，育幼院不是「家」。那裡有其他的孩子，還有大人，他的心沒辦法休息。然後，他找到衣櫃這個「家」。

「那麼我們就讓他，在自己家裡多待一會兒吧！」麥雅老師對葛奧格這樣說。以一位「新來的」保姆來說，這是很了不起的。大多數的保姆對於讓孩子們遵守「規則」都過於熱心，至於一個一個的孩子心情與想法如何，他們管不了那麼多。麥雅老師雖然年輕，卻有足夠的餘裕，可以尊重「家」對希貝爾的意義。但是，麥雅老師也不能一直丟著希貝爾不管。她打開了衣櫃的門。「裡面坐著一個瘦小，但頭很大的男孩，漲紅了臉大聲嘶喊，瞪著麥雅老師看。」希貝爾全身脱得精光，把內褲捲成像球一樣，拿在手上。麥雅老師用溫柔的語氣，要他上床睡覺，希貝爾「在球狀的內褲上小便，把溼嗒嗒的內褲，對準麥雅老師的臉扔過去」。

希貝爾為什麼要這麼做？有一個意思很明顯，他要反擊侵入自己「家」的外敵。但我覺得還有一個意義。唾液、汗水、大小便等等，對人來說有「分身」的意義。觀察非近代人和小孩子的行為，常常可以感受到這一點。希貝爾難道不是把自己的「分身」，「擲交」給值得信賴的麥雅老師？很多時候，孩子們的行為具有我們沒想到的、多層的意義。

對於希貝爾的「訴求」，麥雅老師的回應非常了不起。她雖然受到驚嚇，還是罵了他一頓，心裡同時想著「一定要多關心一下希貝爾這孩子」。

孩子的行為脫軌的時候，我們一定要糾正他們，但同時也要察覺行為背後的意義。只有注意到其中任何一邊，都是偏頗的。希貝爾在內心深處全都明白。麥雅老師罵他的時候，他沒有反抗，乖乖地上床睡覺，就是這個緣故。

02 希貝爾的「獅子」經驗

育幼院的孩子外出散步時，希貝爾常常會脫離大家，一個人行動。有一天，繆勒和麥雅兩位老師帶著大家，到離小鎮不遠的山丘遠足，希貝爾卻不見了。所有人都拚命找，怎麼也找不到。太陽就要下山，大家只好一起先回育幼院。兩位老師沒有向院長報告希貝爾的事，希望希貝爾會自己回來，或是有什麼人會送他回來。因為這樣的事情一旦公開了，希貝爾將會被關到禁閉式的設施，她們極力想要避免這樣的事。兩位老師很擔心，一夜沒有闔眼。隔天的午餐時間，一位滿臉鬍鬚的老爺爺抱著希貝爾回來了。鬍子爺爺是牧羊人。據他說，希貝爾跑到羊群裡面，和整群羊兒過了一夜。因為羊群的動靜跟平常不太一樣，老爺爺覺得很奇怪，結果發現了希貝爾，他非常生氣。「但是呢，這個小調皮睜著清澈的眼睛盯著我看，跟我說『獅子！獅子！』」因為這樣，老爺爺被希貝爾的心感動，不再生氣了。然後他看到希貝爾身上的名牌，知道他是育幼院的孩子，很好心地帶他回來。

這個經驗似乎為希貝爾留下強烈的印象。平常他不太有辦法好好敍述自己的事情，這一次卻把自己的經驗，說給一個跟他比較要好的女孩子聽：

「我用跑的喔！一直一直，往下面跑。……（中略）……然後那邊，好像非洲喔。是非洲喔。那是有獅子的沙漠。然後，獅子就過來。有一百萬隻，很多，擠成一團。也有狗。有一隻狐狸狗。然後，大家吸著鼻子，跑過來聞我。我們變成好朋友喔。都是很乖的獅子。我和獅子一起，睡著了呦。」

這真是令人感動。希貝爾和獅子變成好朋友，一起到處奔跑，一起睡覺。知道**有關**某種事物的知識，和認識某種事物**本身**，是不一樣的。我們都知道**有關**獅子的事，但認識獅子**本身**的人，應該是非常少吧！我忘了是什麼時候的事，有一個人跑到非洲探險，想要從近距離拍攝獅子的照片，違反規定走出車外，結果太靠近獅子，被獅子吃掉了。這個人應該是極少數認識獅子**本身**的人，遺憾的是，他沒有辦法告訴我們他的獅子經驗。可是希貝爾卻跟我們說得清清楚楚。

牧羊老爺爺不愧是生活在大自然中的人，看到希貝爾「清澈的眼睛」，聽到他說「獅子！」的喊叫聲，就了解希貝爾經驗到的一切。所以，老爺爺好心地送希貝爾回來，臨走之前說：「請不要責罵那個孩子。很可愛的孩子哪！」。豈止「不要責罵」，我們大人應該向希貝爾的獅子經驗低頭致敬才對吧。那不只是認識獅子**本身**，而是更廣闊、更深刻地「認識」生存是怎麼一回事，活著是怎麼一回事。大人總覺得自己比小孩——更不要說像希貝爾這樣的小孩——有更多的「知識」。但是，如果我們看看「知識」品質的一面，就不得不承認希貝爾的「知識」比我們優秀得多。麥雅老師有一次甚至對院長說：「希貝爾這孩子，比我們想像的要聰明得多呢！」至少麥雅老師了解希貝爾的「知識」。但他身旁其他的大人，又是如何呢？

03 希貝爾和大人們

希貝爾的母親有時候會來育幼院。「她很胖，臉上的化妝濃得嚇人，總是戴著一頂大帽子，上面灑滿了閃閃發光的石子」。她來的時候，都會帶著糖果或巧克力。然後，「一次又一次抱緊希貝爾，或者歎息，或者哭泣。十五分鐘後她就會說『我很快就會再來看你』，然後匆匆忙忙離去」。然而，她下次再出現，至少要三個月以後了。

並不是所有人都對希貝爾置之不理。很多醫生與心理學家都想為希貝爾做點什麼，幫他作檢查，嘗試各種治療方法，但結果都一樣。「因為——借用大家的話來說——『無計可施』」，最後每個人都放棄了他。於是「希貝爾討厭那些刻意表現得很親切的人，而且毫不掩飾他的厭惡。」

對於希貝爾這樣的孩子，有些人從一開始就不把他當一回事（對希貝爾來說，這樣的人反而還好一些），但也有人想要為他做點事情。只要還有一線希望，這些人是非常努力認真的，不過一旦知道「無計可施」，他們的熱情就會瞬時消退。然後，由於對自己的冷淡感到罪惡，除了「刻意表現得很親切」以外，別無他法。希貝爾很直覺地看懂這些事，覺得厭惡也是理所當然的。所以可以說希貝爾懷疑所有的人，討厭所有的人。不過「只有一個人，希貝爾是真心喜歡，那就是他的母親」。而即使是他母親——如前所述——也一點都不在乎他。

要譴責希貝爾的母親很容易。但是，清楚了解自己生存方式的人，無法如此輕易地譴責別人。所有的大人都過度忙於「生活」，沒辦法在意真正活著是什麼意思。而且這位母親說不定已經有了先生，或是男朋友。總之，人花越多時間工作，就可以賺到越多錢，賺到越多錢，就可以擁有越多東西，所以人忙碌是當然的。但是，對希貝爾投入再多金錢，也是「無計可施」。他媽媽每三個月來看他一次，已經算有良心了。人的「生活」總是壓迫其「生命」，矇騙其「生命」。

即便如此，希貝爾還是「真心喜歡」這樣的母親，這件事非常了不起。親生父母的愛，特別是母子的感情，有些部分是沒有道理可以講的。從希貝爾的角度來看，圍繞在他四周的大人們，可以說都陷入「無可救藥」的狀態，其中他的母親，就過著典型大人的生活。但他還是喜歡這樣的母親。這意味著，他相信只有他的母親，還擁有一些可能性。現實中，有時候這種孩子的愛，可以讓母親的生活——就算一步也好——接近真實的「生命」。但是，希貝爾的情況好像沒這麼幸運。在這世上，愛也好、善意也好，不是那麼簡單就可以暢行的。

從這種觀點來看，管理育幼院設備的蕭本許特夏先生和希貝爾的關係，非常有趣。蕭本許特夏先生自許為「守護育幼院規律與治安的人」，而且「氣燄囂張地表示『保姆們無法完成的教育工作，我來做』」。因為有這種想法，他在各方面都把希貝爾視為眼中釘，找到機會就揍他。結果，希貝爾也因此決心和蕭本許特夏先生作戰。壞心眼老頭和希貝爾的戰爭十分激烈，卻也相當愚蠢可笑，令人愉快。甚至有一次，希貝爾催眠了蕭本許特夏先生的五隻雞，引起了很大的騷動。作者的描寫非常生動。

還有一次，蕭本許特夏先生打算割草，希貝爾知道了，就偷偷在草地上撒小石子。他想，要是割草機故障，那可有趣了。沒想到才剛開始，就被蕭本許特夏先生逮個正著。拳頭像雨一樣落下來，希貝爾痛得哀哀叫，蕭本許特夏先生還一把將他從樹幹上推下來。希貝爾倒在地上，看到蕭本許特夏先生露出擔心的表情，就假裝受了重傷。蕭本許特夏先生慌張不知所措，希貝爾看在眼裡，樂不可支。後來院長找希貝爾談話，他趁機告訴院長蕭本許特夏先生揍他的事，報了一箭之仇。

蕭本許特夏先生和希貝爾的戰爭又激烈又好笑，但也引人深思。也就是說，對希貝爾而言，和那些「刻意表現得很親切的人」比起來，蕭本許特夏先生遠比他們深入參與希貝爾的生命。當然，我一點都沒有讚許蕭本許特夏先生的意思，但至少他忠於自己的情感（即使是負面的）。因此，他比那些隱藏真感情、偽裝「親切」的人，對希貝爾的生命更有貢獻。這種事不能草率地下定論，但值得思考。

希貝爾與心理測驗的故事，也帶給我們重要的啟示。希貝爾經常接受心理測驗。大人跟他說，為他進行心理測驗的女心理學家是「遊戲阿姨」。不久之後，希貝爾就說：「遊戲阿姨喜歡的玩法，我已經學會了。所以阿姨們每次都很高興，都說希貝爾的玩法很好。」呵呵，這沒什麼大不了，只不過是在心理學家還沒開始分析希貝爾之前，希貝爾就已經知道她們的想法了。我也是個心理學家，這些話真是踩到我的痛處。那麼，心理測驗就一點用也沒有了嗎？從下述的插曲中我們可以看到，那倒也不盡然。

育幼院的女孩子當中，愛迪心眼特別壞。她看希貝爾不順眼，把所有不好的事都賴在他頭上。有一陣子，育幼院裡年紀比較小的女孩子，接二連三從育幼院逃走。愛迪向保姆告狀，說那是因為希貝爾告訴那些小女孩，育幼院外面有獅子，還有好多好玩的事情。麥雅老師為了確定真相，當面向希貝爾求證，但希貝爾一生氣，話就說不清楚。不久又發生了逃跑事件，希貝爾的處境又更加困難。個性強韌的希貝爾決定調查真相，發現愛迪對那些小女孩說「希貝爾的獅子」就在育幼院附近，和人很親近又很溫和等等。

希貝爾很苦惱，不知道要怎麼把這件事告訴麥雅老師。但他想到一個好方法。他向麥雅老師說想要玩「遊戲阿姨的遊戲」，然後在麥雅老師面前，用遊戲的小玩偶，完整演出愛迪的詭計。這樣一來麥雅老師總算明白了，也糾正了愛迪。也就是說，在這件事上面，心理測驗建了大功勞。心理測驗這東西，有時候很有用，有時候卻是有害的。重要的不是測驗本身，而是要看使用心理測驗的人，在什麼樣的人際關係基礎上使用這些測驗。麥雅老師跟院長說「希貝爾這孩子，比我們想像的要聰明得多呢！」就是在這次心理測驗事件之後。希貝爾就以這樣的方式，教導了身邊的大人們許多事情。

04 是誰被遺棄？

說到教導，希貝爾也為教會的司琴昆茲先生，上了重要的一課。希貝爾有一副天生的好嗓子。昆茲先生迷上了希貝爾的聲音，想要嚴格訓練他成為聲樂家。昆茲先生叫希貝爾唱歌，自己用管風琴為他伴奏。但希貝爾覺得管風琴的伴奏和自己唱的旋律不合，跟昆茲先生說：「你彈錯了唷！」昆茲先生不甘示弱，「說了很多**有關**作曲家，**有關**作曲家，**有關**約翰．瑟巴斯倩．巴赫的事給他聽」（重點為引用者所加）。昆茲先生和希貝爾的不同，在於一個知道**有關**音樂的事情，而另一個知道的則是音樂**本身**。儘管如此，昆茲先生還是試著和希貝爾一起在教會的音樂會上演出，但沒有成功。最後希貝爾獨唱，沒有伴奏。他的聲音如此美麗，觀眾都深深感動，毫不吝惜地給予熱烈的掌聲。「從此在教會的演奏會中，只要是希貝爾唱歌的時候，昆茲先生就不再用管風琴伴奏。」或許昆茲先生也因為希貝爾，而認識了音樂本身吧！

有一位卡爾．克雷馬醫師，每天都來育幼院。他對希貝爾特別好。克雷馬醫師告訴希貝爾，他領養了三個育幼院的孩子，住在自己家裡，他們都叫他卡洛斯。希貝爾很希望卡洛斯醫師也把他領養回家，努力試了很多方法，但都得不到回應。最後他有了一個想法：要是自己病得很重，醫師應該就會帶他回家吧！

希貝爾馬上開始裝病。他讓自己全身僵硬，一動也不能動。麥雅老師看到後，立刻請卡洛斯醫師過來。醫師說，這只能送醫院治療，沒有別的辦法。希貝爾很失望，在前往醫院的途中，從擔架跳下來跑掉了。過了兩三天，卡洛斯醫師問希貝爾：「怎麼會得到那種病呢？」希貝爾沒有回答。過了好一會兒，希貝爾問卡洛斯醫師，家裡有幾個孩子？醫師不疑有他，想都沒想就回答：「三個。一直都是三個喔。再多我家就容不下了。」

聽到以後，希貝爾不吭一聲，靜靜地走出房間。卡洛斯醫師突然會意過來，懂了希貝爾生病的意思，可是他一點辦法也沒有。有時候人想要努力做點什麼，但就是沒有辦法。卡洛斯醫師心裡是怎麼想的？已經有三個孩子了，卡洛斯醫師再怎麼善良，也沒辦法再收養希貝爾。卡洛斯不得不遺棄希貝爾。

但是，我們真的可以如此斷言嗎？對我來說，這件事也可以有另一種看法。看著默默離去的希貝爾，卡洛斯難道不想乞求他的原諒嗎？卡洛斯其實很想辯解，自己一點都沒有捨棄希貝爾的意思，不是嗎？其實希貝爾也可以安慰他——「卡洛斯，我知道你不是那種冷漠的人，我知道」——不是嗎？但是，希貝爾只是默默地離去。這時候我反而覺得，是卡洛斯被希貝爾遺棄了。說得極端一點，希貝爾的背影，甚至像拋下卡洛斯，獨自飛向天國的天使。

遺棄者與被遺棄者，治療者與被治療者，教導者與被教導者——這些區別，其實遠比我們單純以為的還要難以理解。看似位於兩極的角色，不但可能互換，甚至可能原本就是互相的。這樣想就會知道，人「治療」人，在真正的意義下，是不可能的事情。如果換個說法——或許在淺層是可能的，可是當關係變深，「治療」這個詞就逐漸失去意義。

05 希貝爾在哪裡？

卡洛斯醫師和希貝爾兩個人，說過好多話。其中希貝爾說的這些話，特別牽動我的心：

「我，要從育幼院跑出去喔。帶著麵包，這樣才不會餓唷。

「我，要去很遠很遠的地方。我要到很遠很遠，做太陽的國家去。到那裡，我要把太陽鑲——在天空上，這樣就會變亮了唷。」

希貝爾的「做太陽的國家」，是很棒的意象。明亮的太陽，還有先前的獅子，是豐富希貝爾世界的重要因素。要透過兒童文學作品描寫希貝爾這樣的孩子，是相當困難的事。作者赫爾德林是一個主張應該讓孩子們認識「現實」的人。但是，他也親自對本書的譯者說，我們必須在「不損害孩子的幻想，不扼殺孩子的夢」的情況下，告訴孩子現實[3]。因此，他在本書中毫不躊躇地把現實推到孩子們的眼下，卻也沒有忘記述說「獅子」、「太陽的國家」這些重要的幻想。正因為對「現實」有這樣的態度，他才能如此溫暖、從容地敍述這麼沉重的故事，而不致掉入濫情的陷阱。不懂得幻想意義的現實主義者，必定是淺薄的，而陶醉在幻想裡而不考慮現實的人，只會在「捏造的故事」中迷失自己吧。

讓我們回到希貝爾身上。後來希貝爾又從育幼院逃走了。沒有人欺負他，保姆老師們也都很疼愛他，但他還是逃走了。

希貝爾頭痛得很厲害，自己也搞不清楚怎麼回事，只覺得一定是快死

3　原註一：彼得・赫爾德林著／上田真而子譯《奶奶》（『おばあちゃん』）偕成社。在〈譯者後記〉中記載了上述赫爾德林與譯者的談話。

了。等頭痛稍微緩和一點的時候，他想起了獅子。

……大人都說「只不過是羊」的那些獅子。然後他心裡決定了。他要離開這裡。

他想看太陽。在大地盡頭製造的，燒得紅通通的太陽。他也想看月亮。黑色的巨人高舉在天空，像白色獎牌一樣的月亮。

他想和獅子一起，到處奔跑。或許他真正想念的，是那位用兩隻手抱著他、像搖籃一樣搖著他的，放牧獅子的老爺爺也說不定。

想完以後，希貝爾就離開育幼院了。「逃走」是大人們講的。對希貝爾來說，他是去旅行，一趟精彩的旅行。可惜的是，這趟旅行沒有持續很久。慢慢他肚子餓了起來，口也渴了。

「其實，希貝爾很想要一個家。一個有人住的家，有人住的房子。在哪裡都好，如果有一個自己的家，不知道會有多高興。」然而，沒有一個家庭願意接納希貝爾。最後，希貝爾被警察抓到了。他奮力抵抗，還咬警察的手，但警察狠狠打了他一頓，硬是把他抓起來。

警察把希貝爾帶回育幼院時，卡洛斯醫師表情非常嚴厲。他主張把希貝爾送到醫院。希貝爾用身體撞地板，大聲哭叫。卡洛斯醫師說：「這是神經源性休克。他發作了。」其實那不是什麼發作。希貝爾只是不想被送到醫院而大哭而已。但是連卡洛斯醫師，也已經沒辦法再跟希貝爾來往了。當卡洛斯醫師使用「這是神經源性休克。他發作了。」這種醫學用語的時候，是在宣告他已經來到極限，再也無法以一個「人」的身分與希貝爾見面。就這樣，希貝爾被送到醫院去了。

過了一段時間，還記得希貝爾的人，在育幼院裡就只剩下麥雅老師。這一點已經不會有問題了。

麥雅老師也辭掉育幼院的工作，結了婚，有了孩子。如今，麥雅老師對自己的孩子講述希貝爾的故事時，經常一邊想著。那個孩子，後來故事就在這裡結束。現在希貝爾在哪裡？帶著深深的感動讀完這個故事後，所有的讀者都會如此自問吧。如果是一路和我一起思考到現在的讀者，不管是誰都會這樣確信——如今希貝爾就住在他旅行所到達的國家，「做太陽的國家」。「做太陽的國家」可以說是靈魂的國度，也可以說是賜與我們世界所有能量的源泉。所以，我們可以說希貝爾住在很遠、很遠的國家，但隨著我們的心境，也可以說他就住在我們身旁。

在這個看起來一切清楚明白、照著常識運轉的世界裡，是否能夠容許希貝爾的存在？我們的決定會讓所有事物，在我們眼裡呈現不同的樣貌。倒底能夠為希貝爾做些什麼？我們不需要煩惱這個。希貝爾只要存在，就會為我們帶來難以計測、無法衡量的意義。只是有時候，我們也需要為希貝爾的存在，努力在我們的世界中挪出一個位置，不是嗎？

第六章

阿思緹·林格倫《長襪皮皮》

《長襪皮皮出海去》《長襪皮皮到南島》

01 幸運的孩子

什麼樣的孩子叫作「幸運的孩子」？這是一個很難回答的問題。我們在第三章討論羅賓森《回憶中的瑪妮》時，曾經介紹主人翁安娜與瑪妮，兩人之間關於「幸運的人」的對話。貧窮的孤兒安娜，擁有富有雙親的瑪妮，到底誰比較幸運？一旦開始想這個問題，事情就變得很複雜。不過，其實不需要想得那麼嚴重。這世上確實存在著超級幸運的孩子，光是聽到他們的故事，我們就會跟著開心起來。有些人擅長講述幸運小孩的故事。那看起來簡單，實際上卻相當不容易。不相信的話，可以試著在自己心裡描繪幸運孩子的樣貌，就可以發現那有多困難。敍述可憐不幸孩子的遭遇，博得聽眾同情，或是述說勇敢正直孩子的經歷，讓對方感動，這些都不難，但是要講一個幸運孩子的故事，讓聽的人開心，那可就是個大挑戰了。因為人類共通的嫉妒情感，會妨礙我們為他人感到高興。

但是，林格倫[1]的三部作《長襪皮皮》《長襪皮皮出海去》《長襪皮皮到南島》[2]的主人翁皮皮，正是這種「幸運的孩子」。皮皮是怎麼樣的小孩？讓我們引用《長襪皮皮》的開頭：

> 瑞典的一個小小的、小小的小鎮邊邊上，有一個雜草叢生的破舊庭院。庭院裡有一棟古老的房子，有一個名叫長襪皮皮的女孩子就住在這裡。這孩子九歲，獨自一人生活。皮皮沒有媽媽，也沒有爸爸……

父母都不在的九歲女孩，一個人住在破舊庭院的古老房子裡。沒見過

1 譯註：阿思緹・林格倫（Astrid Lindgren, 1907-2002），瑞典兒童文學家、兒童文學編輯。作品翻譯超過七十國語言，在一百多個國家出版。

2 編註：此三書皆有中文版：阿思緹・林格倫著，賓靜蓀譯，親子天下，二〇〇八年。

皮皮的人一定會想，為什麼這樣會是「幸運的孩子」呢？喔不，即使在見過皮皮的人之中，也有人覺得皮皮是個不幸的小孩吧。比方「鎮上那些親切的人們」，覺得皮皮一個人生活，又不上學，實在太可憐了，要讓她住進「兒童之家」。於是他們找了兩個警察，來到皮皮的住處。「親切的人」好像總喜歡做一些多餘的事。那麼，警察來了以後發生了什麼？他們向皮皮說明，「親切的人」決定要把皮皮送進「兒童之家」。「我已經住在『兒童之家』了喔！」皮皮這樣回答他們。這種回答方式清楚地表現出皮皮的特徵。皮皮所說的「兒童之家」，當然是指她自己的家。因為是九歲的女孩一個人住的地方，所以是真正的「兒童之家」。不過警察先生一聽到「兒童之家」這幾個字，腦子裡浮現的都是刻板的印象，無法想到其他的可能。警察先生心裡所想的「兒童之家」，確實住著很多小孩。上一章討論的《曾經有個叫希貝爾的孩子》中，希貝爾住的就是一種「兒童之家」。《長腿叔叔》的女主角茱蒂——她可以說是皮皮的前身——最初住的也是「兒童之家」。但如果從誰是自由的、誰握有支配權的角度來看的話，那樣的地方應該稱為「大人之家」吧。孩子們只是被「收容」在大人之家而已。

從這一點來說，皮皮的家真正是「兒童之家」。在這裡權力最大的是小孩，小孩的行動是完全自由的。闖進這種「兒童之家」的警察先生，才是令人困擾的傢伙。他們追著逃跑的皮皮爬到屋頂上，沒想到身手靈活的皮皮早就沿著樹木回到地面了，而且還把架在屋簷上的梯子拿開，他們只好呆呆地站在屋頂上，不知所措。「兒童之家」不需要警察。看到這個情景，讀者們應該逐漸了解「兒童之家」的主宰皮皮，是如何幸運了吧！一開始我們的引用省略了一段文字，現在讓我們來看看那裡寫了些什麼。「雖然皮皮沒有媽媽，也沒有爸爸，但老實說，這樣對她來說反而好。那是因為，你看嘛，不會有人在皮皮玩得正高興的時候，跑來告訴她『該睡覺了喔』。」

皮皮的媽媽在皮皮還是嬰兒的時候過世了。但皮皮相信媽媽住在天上，從天空的一個小洞看著自己。父親是位船長，和皮皮在廣闊的大海上航行的時候，被狂風吹到海裡。但皮皮相信，爸爸漂流到黑人島，成了黑人的國王，有一天一定會回來。皮皮認為「我的媽媽是天使，爸爸是黑人的國王。

很少有小孩，可以有這麼棒的爸爸媽媽！」感到很滿足。皮皮不用受到大人的支配與干涉，而且生活在父母的信賴與守護中。

如果這是皮皮作為「幸運的孩子」的本質，那麼為了好好活用這個本質，我們必須具體說明一下，還有哪些讓皮皮幸運的東西。首先是和她住在一起的小猴子「尼爾森先生」，接著是一只塞滿金幣的行李箱，最後還有她罕見的力氣。她力大無窮，連爸爸都比不上她，可以輕輕鬆鬆就扛起一匹馬。雖然她擁有**父母不在的幸福**，但再怎麼說，九歲的女孩一個人生活，也未免太寂寞了。所以尼爾森先生對皮皮來說，是絕對必要的。再加上無比的力氣與財富！這麼「幸運的孩子」，其他找不到了吧。聽到皮皮的故事，大家只會讚歎，沒有人會感到嫉妒。皮皮行動迅速痛快，我們沒那個閒工夫和黏黏膩膩的嫉妒打交道。

據《長襪皮皮》的〈譯者的話〉表示，林格倫的小女兒從「長腿叔叔」（Pappa Långben）這個名字得到靈感，想出「長襪皮皮」（Pippi Långstrump）這個女孩的名字，纏著媽媽要她「說那個小孩的故事！」於是，皮皮的故事就產生了。皮皮就誕生在長腿叔叔這個迷人的男性，與一個小女孩的靈魂之間，跳躍的火花之中。這件事決定了皮皮的所有性格。

02 不成故事的故事

皮皮沒有媽媽，也沒有爸爸。這樣說起來，皮皮的前身，《長腿叔叔》裡的茱蒂，也是孤兒。茱蒂和皮皮的性格在許多方面都很相像。她們都不受傳統因襲拘束，自由、開朗、友善而調皮……。但兩者的不同在於，茱蒂**儘管是孤兒**，最後仍然獲得幸福，而皮皮**正因為是孤兒**，所以幸福。事實上，茱蒂再生為皮皮，是一次劇烈的價值顛倒。因為一開始就發生了這麼驚人的轉變，皮皮的故事充滿了「完全不成故事」的故事。因此，這三冊作品並沒有一貫的情節發展，只是一件接一件，敍述以皮皮為中心所發生的各種痛快的事件。

皮皮的家——「亂糟糟別墅」——隔壁的孩子湯米和安妮卡，成為皮皮最好的朋友。他們最初相遇的情景，訴說了皮皮的一切。這是他們第一次看到皮皮時，她的模樣：

頭髮的顏色簡直就像胡蘿蔔。紅色的髮毛分成兩半，紮得緊緊的，兩根辮子像沖天炮一樣翹起來。鼻子像一顆小馬鈴薯，長滿了雀斑。鼻子下面一張好大的嘴，露出強壯的、純白的牙齒。穿的衣服也很怪，是皮皮親手做的。大概皮皮原本想要做藍色的衣服，但是藍色的布不夠，所以她用紅色的碎布，這邊補一塊、那邊補一塊，縫得到處都是。細細長長的腿穿著長長的襪子，只不過一隻是棕色，另一隻是黑色。

在皮皮出現之前，兒童文學中出現過這種長相、這種服裝的女主角嗎？更讓湯米和安妮卡吃驚的是，皮皮是向後倒著走路的。驚訝的兩個人問她問什麼要倒著走，皮皮很鎮靜地回答：

「你們是問我，為什麼要倒著走嗎？……我們的國家，不是個自由的國家嗎？我用自己喜歡的方式走路，不行嗎？而且呢，我告訴你們，在埃及，所有人都是這樣走路，沒有任何人覺得這種走法有什麼奇怪喔。」

原來如此。皮皮是「自由」的。大人們都說自己住在「自由的國家」，卻毫無根據地決定走路時一定要向前走，忘記我們有向後走的自由。皮皮的自由帶有強烈的顛覆性思想，對那些相信既有秩序是絕對的人，造成強大的衝擊。秩序的體現者警察先生，被皮皮整得很慘，也是理所當然的。

皮皮剛誕生到這個世上來的時候，不太受到大人們歡迎，也是可以想像的。還有人批評她「令人打從心裡不愉快[3]」。從大人角度來看，皮皮的行為完全是亂七八糟。第一，皮皮沒有上學。有一次皮皮突然想要上學，但動機很有趣。上學的孩子聖誕節與復活節都可以放假，但因為皮皮沒有上學，所以沒有「放假」，她覺得「不公平」。於是皮皮騎著馬，瀟灑地到學校去，但就像之前警察的事件一樣，她把老師整得很慘。首先老師想要知道皮皮的學習程度，問她「七加五等於多少？」皮皮聽了很不高興，反擊老師：「你自己不會的事情，請不要叫我替你做！」於是老師說：「七加五，等於十二呦！」皮皮反問他：「你明明就知道，為什麼還要問我？」

看到皮皮與老師這樣的對話，我想到電影導演羽仁進先生，小學入學考試接受智能測驗，判定他智商只有七十，因而落榜的故事[4]。智能測驗的時候，主考官讓他看一個大型的邱比娃娃，和一個小型的邱比娃娃，問他有什麼不同。他想著，「大人把小孩子叫來，在這麼豪華的場所，一對一坐在桌子前，滿臉嚴肅地發問，應該是大人有什麼相當煩惱的事情，想要問小孩子吧！」於是他非常認真地思考，得到一個結論：必須把邱比娃娃打破看看裡面，才知道有什麼不同。他們因此斷定他的智商很低。

3　原註一：大塚勇三〈作家錄——林格倫〉（「作家カタログ——リンドグレーン」）『飛ぶ教室』第四号、光村図書。

4　原註二：羽仁進《二加二不等於四》（『2たす2は4じゃない』）筑摩書房、一九七五年。

大人所謂的「常識」，經常帶給有創造力的孩子痛苦與傷害。但是皮皮卻敢於對抗，甚至將大人玩弄於股掌。皮皮非比尋常的財富與力氣，是她面對大人世界時力量的象徵。孩子們不需要認為自己沒有錢也沒有力氣，所以不是大人的對手，從皮皮這個存在所產生的智慧，是具有強烈破壞力的。一開始皮皮讓大人們覺得不愉快，但孩子們卻對她齊聲歡迎。孩子們的「眼睛」可以看到皮皮的本質，進而喜愛她。而如今甚至有許多大人，也都接受皮皮了。

03 爸爸的女兒

皮皮的特徵之中非常重要的一點，在於她是「爸爸的女兒」。茱蒂也是一種「爸爸的女兒」。對她們來說，與父親的關係（對茱蒂來說，是長腿叔叔這個父親的形象）遠比與母親的關係重要。皮皮是女孩子，但她的行動有很大一部分受到父性原理[5]的支持。皮皮不只力氣很大，而且很有勇氣。不管

5 譯註：河合隼雄自己對「父性原理」與「母性原理」的定義如下：

「母性的機能，將一切視為全體而包覆，相對地，父性則有切斷、分離的機能。」（『中空構造日本の深層』中公文庫）

具體來說，母性原理包容一切，但也吞噬一切。父性原理傾向於分別主體與客體、善與惡、上與下。母性原理認為「我的孩子都是好孩子」，父性原理主張「只有好孩子才是我的孩子」。

是遇到欺負弱小的五個調皮少年，小偷，或是來黑人島盜取珍珠的男人們，她都能大膽挺身對抗。皮皮絕不縱容那些奸詐的人。而且——稍後我們還會談到這一點——皮皮很會講道理。大人說不過皮皮，氣得七竅生煙的場面，書裡不知道出現多少次。很多大人辯論輸了就使用暴力，卻被皮皮打得四腳朝天，沒有比這個更痛快的事了。女孩子們看到皮皮的身影，都會說一聲不亦快哉吧！

男生也好、女生也好，到這世上來為了存活，必須經驗與母親（或者母親的代理人）之間的一體感。男生有一天一定要脫離這種與母親的一體感，這是當然的，但女孩子也一樣。雖然她們長大後，有些人自己會成為母親，可是在某些時期也必須從這種一體感走出來。最明顯的是青春期到訪的前夕。這個時期大多數的女孩子，自覺是父親的孩子，多過於是母親的孩子（不少人身體已經到達青春期，但精神的發展稍微晚一些）。這時候不管在智性或體力方面，女性通常優於男性，因此很多女孩子會瞧不起男同學。皮皮可以說剛好來到這個年齡。但是一旦過了這個年紀，再怎麼認同父親的人，也會自覺到自己是女性，同時不得不接受這個事實。活潑好動的少女，突然變得文雅矜持。

從這個觀點來掌握皮皮的全貌，雖然容易理解，但未免流於表面。如果只從這個角度看，皮皮就只是個一般小學高年級左右的女生，不會獲得這麼廣泛的喜愛，也不會讓一般大人們「打從心裡不愉快」。為了更深入思考這一點，讓我們來看看另一位典型的「爸爸的女兒」。

有一位閃耀著永恆光芒的「爸爸的女兒」，就是希臘神話中的雅典娜。據說雅典娜從父親宙斯的頭頂誕生時，全身穿著盔甲。雅典娜是宙斯與墨提斯（智慧與沉思的女神）的孩子。宙斯讓墨提斯懷孕之後，聽到蓋婭的預言，說生出來的孩子將會篡奪他的王位，於是把墨提斯吞到肚子裡。月圓的時候，赫菲斯托斯用斧頭劈開宙斯的額頭，雅典娜高聲呼嘯，飛躍而出。這是個非常粗暴的故事，但令人想起皮皮與父親艾佛萊姆船長激烈無比的摔角比賽。

雅典娜雖然是女神，同時卻也是戰神。但是她象徵的不是戰鬥暴力的一面，而是勇氣與智力。據說雅典娜發明了戰車與號角，是勇者的守護神。雅典娜還有一個不可忘記的特徵，就是她始終守身如玉。赫菲斯托斯愛慕雅典娜，但她斷然拒絕。典型的「爸爸的女兒」因為拒絕所有「爸爸」以外的男性，會一直保持處女之身吧！而「女兒的爸爸」不只希望女兒美麗，還期待她武裝自己，屏退其他男性。

這樣看來，不按牌理出牌、到處引起混亂的皮皮，其形象其實近似希臘偉大的女神雅典娜。換句話說，比起現實中的女性，皮皮更接近女神。皮皮的行動，經常讓老師與大人們皺眉。她不知道被罵了多少次「沒有教養」，而且還經常吹牛。從刻板的道德標準來看，皮皮完全是個無可救藥的孩子，卻仍然有那麼多人喜歡她，那是因為她具有一種精神上的高貴特質。也就是說，皮皮並不是現實中的小學高年級女生，而是人們——不論男女、大人或小孩——心中女神的樣貌，換上現代裝扮的顯現。她不但超越「爸爸的女兒」，更呈現出神聖父性光輝背後，永恆處女神的意象。不論年齡或性別，有那麼多人感受到皮皮的魅力，其秘密就在這裡。

04 皮皮的邏輯

或許因為皮皮背後的父性原理，她很喜歡辯論，而且有她自己的邏輯。這些辯論的場面，非常令人愉快。比方有一次，皮皮和湯米、安妮卡一起玩假裝沉船而漂流到無人島的遊戲。因為皮皮的演技很好、很投入，這場遊戲越來越逼真，湯米和安妮卡也開始感覺自己好像真的被遺留在無人島。皮皮提議送出求救信，並且主張要這樣寫：「……請救救我們。來這裡兩天了，身上連鼻煙都沒有……」。湯米提出抗議，認為「身上連鼻煙都沒有」不是真的，這樣寫很奇怪。皮皮反駁，他們三個人身上都沒有鼻煙，所以這是真的。湯米據理力爭，表示這樣寫的話，看到的人會誤解，以為他們吸煙。皮皮質問他：「吸鼻煙的人，和不吸鼻煙的人，哪一種人『身上沒有鼻煙』的情況比較多？」「當然是不吸鼻煙的人。」湯米回答。皮皮說如果是這樣，那麼在信上寫「身上沒有鼻煙」就一點問題也沒有。

面對皮皮的「邏輯」，湯米不得不認輸。但皮皮的話雖然在邏輯上沒有錯，就結果而言，卻怎麼樣也不能說是正確的。皮皮為什麼這麼喜歡講「邏輯」？其實皮皮並不是喜歡邏輯。皮皮說的話暴露出，大人所重視的一貫的邏輯，是如何一貫地帶他們走入不合理的道路。皮皮喜歡的，是玩這樣的語言遊戲。大人們最重視的就是合乎邏輯，但沒有比這個更危險愚蠢的事了。

這件事和皮皮喜歡吹牛，說不定也有關係。湯米和安妮卡怪問皮皮為什麼要倒著走路時，皮皮回答「在埃及，所有人都是這樣走路……」這件事我們已經介紹過了。不僅如此，皮皮更得寸進尺地說，在越南，大家都倒立用手走路。安妮卡輕聲斥責她「不可以說謊」，皮皮對她說：「……如果說我的媽媽是天使、爸爸是黑人國王、我自己從小一直在海上航行，這又怎麼說？對於這種小孩，要她只能講真話，不是太強人所難了嗎？」完全就是這樣沒錯。媽媽是女人，爸爸是男人，一直生活在閉鎖世界的人——一聽到這樣的人說「這才是真實」，皮皮就忍不住要讓他們知道「另一個世界」，或是「非此世的世界」。皮皮的吹牛，是打碎大人世界僵化知識的武器。

關於這一點，皮皮的父親非常了不起。他隔了很久以後回到皮皮家，馬上憂心忡忡地問：「皮皮，你……現在也經常吹牛嗎？」他這樣問，當然是希望皮皮還是經常吹牛。「是啊。如果有空的話。不過也不是很多。」皮皮含蓄地回答。然後她問，爸爸又如何呢？父親的回答很有趣。

「嗯……我啊，常常在星期六晚上，胡扯些謊話給黑人們聽。那是說，如果一整個星期，他們都很有禮貌的話。在我們島上，經常舉辦盛大的『吹牛與歌唱晚會』呢！」

真是非常相配的一對父女。不過，這位父親要求黑人們要「有禮貌」，是怎麼一回事呢？皮皮被一般人認為「沒有教養」的服裝、舉止等等，他覺得是有禮貌的嗎？或者，他不要求自己和女兒，只強迫黑人們要「有禮貌」呢？對這對父女來說，這不是他們考慮的問題。皮皮和她爸爸一向重視的，是完全不一樣的事情。他們重視的是什麼？下面這個故事可以看得很清楚。

爸爸見到了皮皮，立刻打算帶著皮皮，坐船回到自己治理的黑人島。於是，亂糟糟別墅舉行了盛大的送別會。出航的那一天，很多小孩來送行。安妮卡哭倒在地上，湯米咬緊牙忍住不哭，卻還是淚流滿面。皮皮看到這個情景，在出航前一刻叫住父親。

「不行噢，艾佛萊姆爸爸。」皮皮說。「這樣不行。我無法忍耐！」

「什麼事無法忍耐？」長襪船長問。

「我無法忍耐這神賜的綠色大地上，有人為我哭泣，為我感到哀傷。特別是湯米和安妮卡。幫我把梯子放下去！我要留在亂糟糟別墅。」

長襪船長，一時間說不出話來。

「你啊，就照自己的意思做吧。」船長終於說。「你啊，一直都是這樣！」

皮皮點點頭，表示同意。

「是啊，我一直都是這樣。」皮皮用平靜的聲音說。

多麼爽朗的父女對話啊！隔了這麼久的時間，還以為終於可以和最愛的女兒，一起享受航海的樂趣，做爸爸的不禁「一時間說不出話來」，但他很快就下了結論。他沒有說「都已經開送別會了」、「事到如今才說這個」之類的話。皮皮一直都是忠於自己的想法，今後也將是如此吧！貫穿其中的一致性，不是大人們重視的邏輯，也不是秩序。那麼，推動皮皮一貫的力量是什麼？女神的一致性，很難用人類的語言表達。這個事件之後又過了一段時間，皮皮帶著湯米和安妮卡，要到南方的島嶼去。聽到這件事，鎮上的大人們都很吃驚，紛紛問湯米和安妮卡的媽媽，把自己的小孩託付給皮皮這樣的孩子，真的沒問題嗎？她這樣回答：「長襪皮皮常常很沒規矩，對吧！但是，她是個心地善良的孩子。」用「善良」來描述流動在皮皮行為底層一貫的力量，或許是貼切的。但「善良」是一種很難捉摸的東西。我們不可忘記，皮皮的「善良」同時也把警察整得狼狽不堪，讓女士們為她的謊話疲於奔命，在馬戲團引起大混亂。善良的女孩是很可怕的。她們擁有足以將大人們玩弄於股掌的力量。

05 不想變成大人

從南方之島回來後，皮皮、湯米和安妮卡在亂糟糟別墅慶祝聖誕節。湯米許願希望可以一直和皮皮一起快樂生活，跟著說：「我絕對，不想變成大人」，皮皮和安妮卡立刻表示贊成。「大人一點好玩的事也沒有。大人啊，做一大堆無聊的工作，穿奇怪的衣服，在手上腳上弄出一堆繭，被人家抽所得稅，只不過是這樣而已！」皮皮說。

對著不想變成大人的湯米和安妮卡，皮皮拿出吃了就不會長大的「生命的藥丸」，三個人一邊許願、一邊吞下。湯米和安妮卡回到自己的家，從房間的窗戶看出去，看到皮皮點了一根蠟燭，坐在燭火前面。兩個人都覺得，剛剛吃下去的「生命的藥丸」，怎麼看都只是顆普通的豌豆。不過一想到明天又可以見到皮皮，就覺得高興，光是想著「皮皮會一直住在亂糟糟別墅吧」，心情就非常平靜。

「如果皮皮把頭轉到這邊，我們就跟她揮揮手吧！」湯米說。

可是，皮皮的眼神就像作夢一樣，一動也不動地注視著面前的燭火。然後她吹了一口氣，熄掉蠟燭。

愉快熱鬧的三部作品，皮皮的故事，就這樣靜靜地落幕了。因為篇幅的限制，我們只能引用最後的數行，但整個結尾的部分，描寫都非常精彩。作者的描寫讓我感覺，自從皮皮的身影和燭光一起消失在聖誕夜之後，湯米和安妮卡應該再也見不到皮皮了吧。

那麼，皮皮後來怎麼了？其實誰也不需要替皮皮擔心。她不但「一直住在亂糟糟別墅」，年紀也保持不變。就像我們說過的，皮皮是永恆的少女。只不過亂糟糟別墅不一定都在湯米與安妮卡的身旁，皮皮會在必要的時候，出現在必要的場所，名字也會改變。說不定現在她不叫「長襪皮皮」，改叫

「拾金悶悶」，住在京都的郊外呢。知道她消息的讀者，請務必告知大家。

皮皮為什麼不會長大？如果說「因為她是女神」這個解釋不能讓人滿意，那麼我們必須說，因為她是內界的居民。內界居民的生命，和用時鐘測量得到的時間沒有關係。有人生下來就是老人，也有人隨著年紀變年輕。同樣是「爸爸的女兒」，茱蒂是這個世界的居民。「長腿叔叔」原本具有內界居民的屬性，自從接觸到茱蒂之後（雖然茱蒂不知道這件事），兩個人同時開始，逐漸顯現強烈的現實世界性格。茱蒂最初表現出永恆少女的屬性，但如果這一點沒有改變的話，故事很難發展下去。當時的兒童文學世界，還無法容許像皮皮這種徹底的內界居民登場。因此，茱蒂隨著年齡逐漸「變成大人」，找到結婚的對象。對「爸爸的女兒」來說，就算因為成長而離開父親，找到喜歡的異性，對象的男性形象，也經常帶著父親形象的影子。《長腿叔叔》的故事明白地顯示出這個事實。

關於這一點，皮皮沒有變成大人的必要。因為她是從「長腿叔叔」這個父性形象，與小女孩靈魂碰觸產生的火花中誕生的，她可以是永恆的少女，永遠是「爸爸」的女兒」。皮皮完全是內界的居民，在這個意義下，應該也有人覺得她很像民間故事的主人翁吧！

茱蒂誕生在一九一二年，皮皮則是一九四五。三十年的歲月反映在兩個人的樣貌上。內界的永恆少女顯現在外界時，也會受到時代與空間的影響，而披上不同的裝扮。身在一九八〇年代的日本，她過著什麼樣的生活？我衷心期望，有人能對我們訴說，現代日本永恆少女的故事。

第七章

如玫·高登

《老鼠太太》

01 活躍的老鼠們

老鼠在兒童文學中，是很受歡迎的角色。兒童文學作品原本就經常出現各種動物，但根據最近出版的《兒童文學初步》[2]表示，成為幻想作品主人翁的動物，「出人意料地，以老鼠居多」。同一本書還這樣寫著：老鼠「無所不在，卻不知道住在哪兒。這是老鼠神祕的地方。」的確，應該沒有任何一個小孩，不知道什麼是老鼠吧！特別是我們小時候，牠們真的是「無所不在，卻不知道住在哪兒」。老鼠就在那裡，看不到、捉不到，卻總是在意想不到的時候，突然出現我們眼前。

現實中的老鼠會啃傢俱、偷食物，是惹人厭的傢伙，但兒童文學裡的老鼠，卻大多是了不起的人物。此刻浮現我腦海的，就有許多例子，比方瑪潔麗・夏普（Margery Sharp）的《救難小英雄》（*The Rescuers*）、碧安卡小姐

（Miss Bianca）的冒險故事、羅素・霍邦（Russell Hoban）的《老鼠父子冒險記》（*The Mouse and His Child*）、保羅・葛里克（Paul Gallico）的《勇鼠無懼》（*Manxmouse: The Mouse Who Knew No Fear*）等等傑作。有趣的是，這些作品全部都是描述老鼠的「冒險」。為什麼老鼠這麼喜歡冒險？說得正確一點，為什麼孩子們喜歡老鼠的冒險？

第一個可能的答案是：因為老鼠是個子很小的動物。就像《救難小英雄》的標題顯示，孩子們對於「小英雄」、「小勇士」的形象有強烈的共鳴。這些嬌小的主人翁，一定會遭遇體型比自己大許多倍的對手，是這些故事中很重要的一點。從《救難小英雄》的插圖中可以看到，老鼠們的身形，和可怕的貓、以及老鼠們營救的詩人比起來，實在是非常弱小的存在。小不點打敗大個子，甚至救助大個子——任何人都會立刻察覺，這就是孩子們的

1 原註一：三宅興子／島式子／畠山兆子『児童文学はじめの一歩』世界思想社、一九八三年。

願望與夢想吧！對小孩來說，大人就像是老鼠面前的貓、狐狸，或是獅子、大象一樣的存在。

孩子們看到小老鼠幫助巨大的動物，或是制裁、懲罰牠們，無疑會感到痛快無比。不過，剛剛我們提到的那些作品，不只是反映孩子的願望，還包含了更深刻的內容。小小勇者表現出來令人敬佩的勇氣，帶給孩子們莫大的希望。

這一章要探討如玫．高登[2]的作品，由杜波瓦（William Péne du Bois）繪製插圖的《老鼠太太》（*The Mousewife*），也是一個以老鼠為主角的故事。這本書和前列的作品比起來，故事比較短，情節也很簡單，雖然還不能算是繪本，但插圖扮演了很重要的部分。在這部作品裡，老鼠的「勇氣」也是一個重要的主題，但這裡所說的勇氣，和那些喜歡冒險的老鼠們有些許不同。雖然《老鼠太太》也可以看作是老鼠的冒險故事，不過它的冒險，和其他作品有不同的意義。

剛剛我們說，插圖在《老鼠太太》中扮演很重要的角色。封面畫著一隻鳥（其實只畫出半身）和一隻老鼠，似乎暗示我們，大與小、會飛和不會飛的對比，將成為這個故事的主題。這隻老鼠到底在做什麼，從封面的畫看不太出來，不過牠似乎用牙齒咬住鳥籠的鎖，讓自己的身體吊在半空中。看到這幅畫，讀者的好奇心已經開始蠢動——這隻鳥和老鼠之間，發生了什麼事？翻開扉頁，我們又看到一個像是欄杆或窗台的地方，一隻老鼠奮力把上半身伸出去，只用前腳支撐自己的身體。我們看過老鼠做這種事嗎？這隻主角老鼠，好像是個嚴重的怪胎哪。

2 譯註：如玫．高登（Rumer Godden, 1907-1998），英國小說家、詩人、兒童文學家。Rumer Godden是她的筆名，原名是 Margaret Rumer Godden。

02 有所欲求

進入本文，我們看到兩隻很普通的老鼠。「所有的老房子裡——如果那是有木造地板與樓梯，天花板的上頭架著樑木與椽木，牆上貼著壁板與踢腳板，附有食物儲藏室的房子——都一定有老鼠。……」書上這樣寫著。讀到這一段文字，我想起自己小時候，家裡有很多老鼠。聽到牠們在天花板上咚咚咚地跑來跑去，有時候我們還會開玩笑，說今天是老鼠的運動會。最近，有老鼠的房子已經變少了吧。

翻過一頁，畫著許多老鼠的肖像。老鼠的世界沒有「流行」這種東西，從以前到現在都沒有什麼改變，「……如果老鼠請人家畫曾曾祖父，還有曾祖父的肖像，畫出來的樣子，和現在老鼠的肖像不會有什麼不同」。這倒是讓我們想到，人是會隨著時代變化的。如果我們有曾祖父、曾曾祖父的肖像，服裝打扮等等，一定和我們大異其趣。

翻開下一頁，寫著「但是在某個地方，有隻嬌小的老鼠太太。這隻老鼠，和其他的老鼠不一樣」。這隻老鼠的長相，和其他老鼠完全一樣，而且其他老鼠做的事，她也都照著做。那有什麼地方不一樣呢？不一樣的地方，在於她「想要某種現在自己所沒有的東西」。而且，她並「不知道自己想要的是什麼」，因而感到苦惱。

這隻老鼠和丈夫一起住在一位單身女性家裡。那位女士名叫芭芭拉．威爾金森。「老鼠夫婦認為，這個房子就是全世界」，房子外面的庭院和森林，對他們來說是另外的世界，就像人類眼中的星星一樣。儘管如此，這隻母老鼠經常「把鬍鬚貼緊玻璃」，從窗子向外眺望。插圖描繪出一隻小老鼠隔著大大的窗戶，看著外面的景色。如前所述，在許多「老鼠的冒險」中，小老鼠遇見獅子或大象之類巨大的存在，是故事的重點，插圖也幾乎一定會畫出相遇的場面。但我們的女主角所遇見的巨大存在，並不是生物，而是超越理解界限的「另一個世界」。

這對老鼠夫婦是家鼠，不會到房子外面去。因此，房子外面對他們來說完全是「另外的世界」。但母老鼠越過窗子，就看著這另外的世界。透過玻璃她看到了春夏秋冬的變化，卻「不能理解自己看到的是什麼」。看著這樣的景象，她逐漸感受到一種無法解釋的不滿足感，「想要些說不上來的什麼」。

老鼠先生完全無法理解她的感受。「除此之外，你還想要什麼？」他滿腹疑惑。說得也是。她有家，有丈夫，食物也不虞匱乏，「甚至有一次，啃掉了整整一個花盆的番紅花苗」。雖然不是特別富裕，但其他老鼠們有的，他們都不缺。丈夫對她想要的東西左思右想，最後說：「我思考的是乳酪的問題。」「你為什麼不能也想想乳酪的事？」老鼠先生說的一點也沒錯。身為老鼠，盡想些乳酪以外的事情，一定有哪根筋不對勁。這裡的插圖畫著一大塊乳酪，上面有一隻老鼠。坐在一大塊怎麼也吃不完的乳酪上面，想吃多少就吃多少，這是老鼠先生——也是一般老鼠們普遍的夢想。

故事往這個方向發展，使我們無法嘲笑老鼠。人的夢想和老鼠的夢想並沒有什麼兩樣。我們總想要得到幾億、幾十億，怎麼也用不完的錢。我的曾祖父、曾曾祖父，也都想著同樣的事。如果從這個角度來捕捉人的「樣貌」，就會發現人的「肖像」也和老鼠一樣，都是一成不變的。同樣地，人間也有些與眾不同的人，想要追求些自己也不了解的、「說不上來的什麼」，因而受到伴侶質疑訕笑。就像這隻母老鼠一樣。

03「飛，是怎麼一回事？」

夢想著乳酪的公老鼠，吃了太多聖誕節蛋糕導致消化不良，倒臥床榻。母老鼠一方面照顧丈夫，一方面還必須張羅兩人份的食物，忙得「沒有時間思考」。平常喜歡思考的人，一旦忙到沒有思考的餘裕時，經常會發生意想不到的事，為他長久以來思考的問題，提供意外的解答。這隻母老鼠身上，就發生了這樣的事。

有個男孩在森林裡捉到一隻山鴿子，將牠送給威爾金森女士。山鴿子是非常漂亮的鳥，威爾金森女士即刻把牠關進客廳架子上的鳥籠裡飼養。威爾金森女士試著用砂糖、肥肉、豆子等等食物餵牠，但是鴿子完全不吃。這時候正在尋找食物的老鼠出現了。老鼠受到這些豐盛的食物吸引，鑽過柵欄，跑進鳥籠裡，但鴿子突然動了一下翅膀，老鼠嚇得驚慌而逃。老鼠誤以為鴿子是貓。

這裡的插圖畫著籠子裡的鴿子，和落荒而逃的老鼠。堅固的鳥籠巍峨聳立，像是一座神殿，而紋風不動的鴿子，就好像一尊雕像。事實上對這隻母老鼠來說，籠子裡的鴿子，應該就像超自然世界的顯現吧！來自「那個世界」的存在，突然侵入這個世界。只因為鴿子一個微小的動作，就驚慌失措的老鼠，在她的眼裡，鳥籠與鴿子是什麼樣的存在？這張插圖表達得非常傳神。

「最好不要再去那裡了。那裡有可怕的東西。」母老鼠雖然這樣想，隔天卻立刻又跑過去。當然，因為那裡有豆子、肥肉等食物，不過不只是這樣。對母老鼠來說，那個地方雖然可怕，但也有一種難以理解的魅力。老鼠進進出出籠子，鴿子並不在意。老鼠帶走了豆子，鴿子什麼話也沒說。老鼠試著把一顆豆子遞給鴿子，鴿子連看也不看她一眼。

老鼠逐漸熟悉來自「那個世界」的侵入者，所以才會遞上豆子，但鴿子沒有興趣。插圖裡小老鼠滿懷善意地高舉豆子，鴿子的眼神卻像是望著遠方，一動也不動。鴿子已經不像之前那麼可怕了，但對老鼠來說，仍然是無法理解的存在。既然豆子不行，「至少，喝點水吧！」她說。鴿子連這個也拒絕了，告訴她：「朝露，朝露，我只喝朝露。」但是，母老鼠不知道「朝露」是什麼。鴿子沒辦法解釋清楚，但還是告訴她，朝露是清晨在草葉上閃閃發光的東西，自己和同伴們都喝這個。從朝露的事情，鴿子聯想到夜晚的森林，於是也對她說了許多有關森林的事。

這些話，母老鼠到底能夠理解多少？無論如何，總之她非常專心地傾聽。就算聽不太懂，這些話卻觸動了她心底。一直「想要些自己也不知道的什麼」，母老鼠感覺鴿子說的話，和那個「什麼」有很深的關係。

「飛，是怎麼一回事？」小老鼠問。「你不知道嗎？」鴿子很驚訝，但還是親切地向她解釋。為了說明，鴿子張開了翅膀，但籠子實在太小，無法實際示範飛行。看到這個情景，「母老鼠不可思議地感到心動，但不明白自己為什麼有這樣的感覺」。從此，老鼠每天拜訪鴿子，傾聽鴿子描述「窗外的世界」。那是超乎老鼠想像的世界。插圖裡小老鼠恭恭敬敬地坐在鳥籠前面，令人聯想到巨大神殿前叩首膜拜的人類。鴿子所描述的世界，遠遠超越老鼠的經驗。

鴿子邊說著話，有時會陷入沉默。講到飛行的話題，他想到自己被囚禁的身軀，大概沒有機會再飛翔了。為了替鴿子打氣，老鼠請他說說有關風的事。鴿子說了在麥田上畫出波浪的風，讓白雲疾行的風，告訴她自己在空中飛的時候所看到的各種景象。

翻過這一頁，橫跨整整兩頁的插圖映入眼簾。那是翱翔在廣闊原野上的兩隻鴿子。飛翔在空中，是多麼美好，窗外的世界，又是何等開闊！身陷囹圄的鴿子，希望能再次飛在廣大的天空，而母老鼠則許願，就算一次也好，自己能像鴿子一樣飛翔。滿滿兩頁的畫，讓我們看到他們兩人哀傷又無奈的願望。鴿子的話帶給老鼠很大的衝擊，她「彷彿用尾巴尖站立、旋轉狂舞，感到耳暈目眩」。儘管如此，她還是忍不住一再要求鴿子多說一些，每天都來找他。

不管是誰，聽到自己世界以外的事，都難以理解。對老鼠來說，「朝露」也好、「飛」也好，一開始無疑是在他們理解能力之外。不過，當她模模糊糊地開始有些影像，「飛」——即使她不懂——就成了她的渴望。但老實說，她想要切身地理解「飛」，實在是太困難了。聽了再多描述，心情再如何激動，她始終無法清楚感受「飛」是什麼。

04 勇氣

母老鼠經常外出，讓丈夫很不高興。

「為什麼你一天到晚，都在窗台上？」公老鼠說。「我覺得很不爽。老鼠的太太應該待在老鼠窩裡。要不然，就應該去找麵包屑，或是跟我玩。」

母老鼠沒有回答。她的眼神，就像是望著遠方。

「眼神就像是望著遠方」。母老鼠到底在想什麼？對於公老鼠的抗議，她沒有任何回應。或許她什麼話也說不出來吧！知道「那個世界」的人，和不知道「那個世界」存在的人，幾乎是不可能對話的。所有知道另一個世界的人都必須面對的重大危機，現在就橫在她眼前。涉足另一個世界太深的人，將會失去與這個世界的關聯，或者對這個世界造成嚴重的破壞。但若是單純地棄另一個世界而去，則必須與無限的失落感共度一生。

母老鼠**應該**怎麼做？沒有人可以簡單回答。話雖如此，公老鼠倒是自信滿滿地告訴她「**應該**在的地方」、「**應該**做的事」。然而，問題的解決總是來自意想不到的地方。母老鼠「生了滿滿一窩的孩子」，為了照顧他們，「無法思考任何其他的事情」。小孩全部都好可愛。現實世界的要求，暫時把她留住在這個世界。

有一天趁著公老鼠去找朋友的空檔，母老鼠去探望鴿子。在母老鼠沒有來的這段時間，鴿子幾乎什麼也沒吃，氣力盡失、奄奄一息。鴿子張開翅膀抱住母老鼠，親吻了她，告訴她，自己一直在想，她到底去哪兒了。母老鼠作出斥責鴿子的樣子：「我不是沒有其他的工作要做！總不能整天來你這裡吧！」卻止不住淚水。母老鼠在鴿子身旁待了很久的時間，回到家時，公老鼠暴跳如雷。在這裡作者這樣寫著：「……」回到家——很遺憾必須說出這樣的事情——公老鼠咬傷了母老鼠的耳朵。」的確，不得不告訴孩子們這種事，令人遺憾。但我們只能如實地說出事實，沒有別的辦法。

母老鼠內心的衝突達到頂點。那天晚上，她想著鴿子的事，一夜未眠。想要到鴿子那兒去，但自己有自己的工作，實在沒辦法——正在這樣想的時候，她突然驚覺，「那隻鴿子，不能讓他關在籠子裡！」

想到這個，母老鼠生起氣來。

「不能在地板上到處跳來跳去是怎樣！不能自由進出窩巢，不能爬到架子上偷乳酪，又是怎樣！……（中略）……被關在捕鼠器裡，沒東西聞、沒東西聽、沒東西看，什麼都沒有，最後全身骨頭變得硬邦邦，鬍子變成廢物，一動也不能動，這樣是怎樣！

母老鼠只能以老鼠的方式思考，不過鴿子的感覺，她懂了。

母老鼠覺得自己非要立刻去鴿子那兒不可，於是偷偷溜下床，去找鴿子。雖然是以老鼠的方式——她沒有其他的方式——她和鴿子產生共鳴，清楚地感覺到他的痛苦。那是個「夜色明亮的夜晚」。月光下，鴿子正在睡覺。母老鼠往窗外看出去，月光映照著樹梢。「……這時候，母老鼠，突然，領悟了。鴿子必須在那裡。在那些樹，庭院，森林的中間。」對她來說，和鴿子聊天是多麼快樂的事！但是，鴿子不應該被關在鳥籠裡。不應該允許這種事發生。

母老鼠發現，如果把栓子往下拉，就可以打開鳥籠的門。於是她決定咬住栓子，用自己的體重把栓子拉開。母老鼠吊在栓子上，鴿子聽到聲音醒來，匍伏著，慢慢向門爬過去。母老鼠牙齒痛得像要斷掉一樣，還是忍耐著，用體重往下拉。但鴿子並沒有看到她。

> 不久門「啪！」的一聲打開，母老鼠頭一暈，掉到地上去。鴿子張開翅膀，筆直地飛出窗外。有那麼一瞬，好像快要掉到地面——翅膀痙攣，動不了——但他又拍起翅膀，不斷向上攀升，越過一棵一棵的樹梢

飛走了。

母老鼠爬起身，抖一抖身子，抖掉毛上的灰塵。「啊，那就是飛啊！」母老鼠心裡想。「這樣我懂了。」

插圖畫著小老鼠充滿不捨，舉高了手拼命揮舞，但鴿子只是一逕地向天空飛去。鴿子恐怕不知道，是母老鼠救了自己。下一幅插圖又是用了整整兩頁，描繪鴿子飛翔的姿態。月亮和星星在天空中閃耀，往下可以看到森林的樹梢。不過，這幅畫四周的留白比之前所有的畫都來得寬，畫本身縮小了。那是為了讓母老鼠，比較容易看清楚吧！

「飛」是怎麼一回事，她清楚地知道了。不過，代價是失去與鴿子聊天的快樂。想要真正了解某些事情，必須經歷某種痛苦或悲傷。明知道這件事，她仍然投入自己的全部存在，幫助鴿子飛走。她以自己的存在作為賭注，換來的是失去她的最愛。這是了不起的勇氣。《救難小英雄》的碧安卡小姐，也是一位勇敢的女性，為了「拯救」詩人而發揮她的勇氣。雖然老鼠太太最後也拯救了鴿子，但她一開始並沒有那樣的意圖。比較碧安卡小姐與老鼠太太的勇氣，不但有趣，更能夠讓我們理解母老鼠行為的意義。

鴿子離去之後，淚水模糊了母老鼠的眼眶，但她眨眨眼、拭落淚滴，向窗外眺望星星。這世上會抬頭望著星星的老鼠，少之又少吧！「就算沒有鴿子說給我聽，我自己也看到了。我已經能夠靠著自己的力量觀看了。」她自言自語。帶著一絲驕傲，她偷偷鑽回床裡。公老鼠睡得很熟，完全不知道她出去的事。外在的世界中，母老鼠——在自己的意志之下——失去了鴿子，但同時她的內在卻獲得了某些表現為「飛」的東西。或者我們也可以說，她將鴿子內在化了。

05 系象（constellation）

母老鼠以無比的勇氣完成壯舉的時候，公老鼠正在睡夢中，什麼也不知道。說到不知情，房子的女主人芭芭拉．威爾金森女士也是一樣。她看到空空如也的鳥籠大吃一驚，懷疑是不是在家裡幫傭的芙洛菈放走了鴿子。

我們說，母老鼠成功地將鴿子內在化了。這個故事的最後，印證了我們的看法。她變得非常、非常老，沒辦法跳躍了，連走路都慢吞吞。但是，她的曾曾孫兒女們對她無比尊敬，照顧她無微不至。這是為什麼？「老婆婆的外表，和曾曾孫兒女們沒什麼兩樣。可是，不知道在哪裡，有那麼一點不同。我想，那是因為她知道一些其他老鼠不知道的事情。」

「想要某些什麼」的老鼠太太，在真正的意義下得到她的渴望，受到曾曾孫兒女們尊敬，並得以壽享天年。這一切，都需要命運巧妙的安排。突然出現在她眼前的鴿子就不用說了，還有經常提醒她現實世界存在的丈夫與孩子們，只要欠缺其中任何一項要素，事情就不會如此完滿。就像當年她拂去淚水所看到的、遠方的星座（constellation），所有的事物都配置停當，一切都互相關聯，形成令人讚歎的整體性。

說到一切都互相關聯，這些事情和這個房子的主人，芭芭拉・威爾金森女士，有什麼關聯？這個偉大的壯舉，就發生在自己家裡，她卻渾然不覺。這促使我們反省：人總以為我們的「自我」，是「自己」這個家的主人，但對於「自己」這個家裡所發生的事情，「自我」是如何地無知！在「自我」不知不覺之中，我們的內心深處，往往正掀起萬丈波瀾。

這引發我的聯想。如果我們把這整個故事，當作威爾金森女士的夢呢？聯想得更遠一點，如果威爾金森女士來到諮商室，告訴我這樣一個夢，我會有甚麼感覺？聽到這樣的故事——不論會不會立刻說出口——浮現我心頭的是「死的準備」。不論東西方，鳥自古以來即被視為靈魂的象徵。我們誕生到這個世界時，靈魂暫時被拘禁在鳥籠裡；而所謂往生，就是釋放籠中鳥，讓牠飛回彼岸。如果這個過程不順利，我們也許會讓籠中的鳥兒餓死，也可能在我們肉體死後，鳥仍然留在籠子裡。但威爾金森女士的靈魂，如今正迎向偉大的解放。

其實我們也不需要牽強附會，硬是把這個故事解釋為一個夢，另一個解釋或許更合乎實情。為了這個家的主人、威爾金森女士「靈魂的解放」，為了準備安祥的死亡，在她全然無知之處，老鼠和鴿子們為她完成了一個偉大的工程。剛剛我們說，一切都互相關聯。讓我們試想，住在自己家中的老鼠們，和自己的生死有深刻的關聯——這是多麼了不起的一件事，同時卻也讓人恐懼。

如玫．高登具有非凡的才能，她可以在寫給幼童的故事中，描述令人畏懼的、讓我們看到人生深度的事物。她的另一部作品《人偶之家》也是如此。那是因為她擁有看透事物背後本質的眼睛，以及對孩子無限的信賴。雖然其中有各種可怕的事實，但孩子們不需像我這樣深讀，也會喜愛這個故事，而且在某個深處，確實地把握到事物的本質。這一點，我毫不懷疑。

第八章

長新太

《堆啊堆啊 喵～》等

01 今天是星期日

長新太[1]的《堆啊堆啊 喵～》（『つみつみニャー』），從標題開始就令心情愉快。到底是什麼樣的故事呢？令人期待。一開始是這樣寫的：

今天是 星期日
媽媽不在家 早上很早 就出去了
爸爸 圍著圍裙 煎荷包蛋

插圖畫著爸爸一臉慎重，正要把平底鍋放到瓦斯爐上，「我」則在後面看著爸爸的身影，表情柔順乖巧。這個孩子——後來我們也會看到他調皮的一面——大約是小學一到三年級的年紀。

「星期日」在一個禮拜之中，是特別的日子。不用去學校，感覺就像某種「節慶」。然後，媽媽出門了，不在家。在這個家裡，平常應該都是媽媽在家裡煮飯吧！否則爸爸也不會為了煎個荷包蛋，就緊張成這樣子。正因為媽媽不在，對「我」來說，今天不是個普通的日子。

在家庭裡，媽媽是日常現實的體現者。對小孩來說，媽媽知道所有必要的事。食物放在哪裡？什麼時候，要做什麼飯菜？藥在哪裡？吸塵器在什麼地方？這些事媽媽都知道，家庭的現實以媽媽為中心建立。然而，今天媽媽不在。

我們的日常生活中，很多事情都有一定的做法。煮飯是媽媽的工作。媽媽大概都在固定的時間起床，準備大致上都一樣的早餐。一切都是可知的、

1　譯註：長新太（ちょう　しんた，1927-2005）日本漫畫家、繪本作家，創作數百冊繪本，並為許多兒童文學作品繪製插畫，被尊稱為「無厘頭之神」。本名鈴木揫治。

安定的。荷包蛋是用雞蛋做的，積木不是食物，是小孩拿來堆疊的玩具。我們認為自己居住的這個世界，一切都有決定好的規矩。但世界並非如此單純。我們都認為球棒是用來打球的，汽車是給人乘坐的，但它們有時候卻會變成兇殘的兇器。日常空間有時候會在一瞬之間，變成非日常的空間。

長新太具有罕見的才能，可以描繪出這種突如其來的非日常空間。

一開始就宣告今天是星期天、母親不在，作者不著痕跡地揭開了非日常空間的序幕。接下來他說：「因為爸爸　眼睛不好　又天生容易慌張　所以看錯了　把兩塊積木　看成雞蛋　放到鍋子裡」。這可不得了。接下來那一頁，畫著平底鍋裡有一個紅色的三角形積木，和黃色的圓形積木。這幅畫是彩色的，顯示「我」很清楚知道那是積木，嚇了一跳。然而，爸爸是個很容易自我陶醉的人，還很滿意地說：「啊！好香！」

爸爸為什麼會犯這種錯呢？那是因為「我」惡作劇，把積木放到冰箱裡。打開非日常空間的人，是「我」這個小調皮。小孩是很可怕的。當大人漫不經心地重覆例行公事的時候，孩子卻佈下意想不到的機關，讓大人從睡夢中醒過來。大人的世界很容易就淪為平板化，而小孩卻巧妙地賦予它活力。

某位家庭主婦有個習慣，外出回家一定會打開信箱檢查信件。有一天她打開信箱，發現一把手槍，嚇得魂不守舍。後來才知道那是她小學四年級的兒子，偷了朋友的玩具手槍，「藏」在信箱裡。母親為孩子的行為感到驚訝，但這正是孩子寫給她的「信」。透過這封特別的信，孩子想說的是「媽媽，我們家過度排斥攻擊性了」。孩子投入的手槍，為這個家僵化的人際關係，帶來了生氣。

話說回來，爸爸還是沒發現鍋子裡是積木，還撒上胡椒。這一來，積木竟然打了個噴嚏，飛到鍋子外面去了。這裡的彩色插畫，我們可以看到「我」又好奇、又驚訝，一隻手抓著爸爸的圍裙，看著積木飛出去。這孩子雖然調皮，但還是很黏著爸爸，這張圖描繪得很傳神。

爸爸終於搞清楚狀況，說了聲「好奇怪的 荷包蛋哪……」拿出真正的雞蛋，煎了真正的荷包蛋。下一頁的插圖分成四格，描繪爸爸端著荷包蛋，兩人坐到餐桌前，一邊聊天一邊吃飯的樣子。這看起來沒有任何特別，完全是日常生活的反覆。所以，畫面也整整齊齊切成四個方塊。但是，接下來發生的事，就讓人嚇一跳了。家裡的貓「小不點」坐到爸爸的頭上，爸爸怎麼拉牠，也拉不下來。這時候爸爸和「我」聽到積木的笑聲，積木說因為爸爸把他們放到鍋子裡，所以他們就把貓堆到爸爸的頭上。

02 出現了！

爸爸和「我」悠哉地吃著荷包蛋的時候，非日常空間已經進入奇妙的次元。把貓堆到爸爸頭上的積木大叫一聲：

「堆啊堆啊、堆一個！」

這一來，警察先生的頭上堆了一部汽車。

「堆啊堆啊、堆兩個！」

聽到積木的聲音往外一看，一隻狗背上堆著頭上堆著高麗菜的阿姨，走了過來。這個幽默的「堆積木遊戲」，在插圖裡表達得活靈活現，更是引人會心一笑。事情變得越來越離譜了。

我曾經在一次聚會上，談論長新太的《堆啊堆啊　喵～》。其中一位聽眾，立刻就買了一本帶回家，孫子光是聽到「堆啊堆啊　喵～」這樣的標題，就高興得在地上打滾。知道這件事以後，我一方面很高興自己用這本書作為談話的主題，但也忍不住好奇，長新太是怎麼想出這種標題來的？答案很簡單，那不是長新太刻意想出來，而是「自然浮現」的。自然浮現的東西，總是超越人類淺薄的智慧。如果是想要討好小孩，刻意構想出來的東西，小孩子應該完全不會有興趣吧！

積木們還把三棟大樓疊起來，把四架飛機堆在一起。在「積木連這種事也做得到喔！」那一頁的四個格子裡，我們看到富士山上面堆著另一座山，大象的上面堆著雪人，輪船上面新幹線，而「狸的上面堆著蝦子和鞋子和雨傘和老奶奶」。這幅四格的畫，很明顯和吃荷包蛋的日常空間相互對應。即使是整整齊齊切成四塊的空間，到了這種地步也已經變得亂七八糟了。這正是長新太的拿手好戲，讓我們覺得「出現了！」

長新太的《看得到地平線的地方》（『ちへいせんのみえるところ』）就是一連串的「出現了！」。這冊繪本一開始的跨頁插畫，畫著一片原野，遠方可以看到地平線，上面則是天空。不管是誰，都會期待地平線上有什麼

東西要出現吧！但翻開下一頁卻不是地平線，而是在草原的正中央，有一張男孩子的臉，一旁的文字僅僅寫著「出現了」幾個字。這孩子接下來會怎麼樣？會不會另外有一個女孩子會跑出來？令人期待。下一頁也寫著「出現了」，但是和我們的預期不同，出現的是一隻大象的臉。接下去是噴火的火山。自然出現的東西，總是摧毀人類的期待與預測。那是驚人的破壞力。

「出現了」一個接一個出現，魟魚飛在空中，跟著是飛艇。正當讀者已經有了心理準備，接下來不管出現什麼都不會驚訝的時候，下一頁卻回到一開始的原野與地平線，什麼也「沒有出現」。在這之後，各種違反我們預期的「出現了」不斷繼續，甚至還有像快要爆炸一樣的太陽。這個太陽很特別，它不是從地平線升起，而是從草原的中央冒出來。因此，它也顛覆了我們認為太陽就是從地平線升起的成見。

然後，一開始的少年臉孔又再度現身，最後則是和最初完全一樣的草原風景。看到這一模一樣的景色，不禁讓人覺得剛才活蹦亂跳「出現了！」的東西，說不定只是自己的幻想，其實什麼也沒有出現。而且，幻想的事物遠比現實更具有現實感……我們甚至覺得啞口無言。要描寫《看得到地平線的地方》中那些「自然浮現」的事物，其實是非常困難的事。過份把心思放在「描繪」上，那些意象無法自然產生；但要是完全順其自然，就算出現了各種意象，也無法捕捉它們，將它們入畫。

長新太的作品中有一部《怪人馬鈴薯男》。看到其中馬鈴薯男、洋蔥男等活躍的樣子，我不禁覺得長新太的本質，就像是根莖類植物。根莖在地底下四處擴散，形成錯綜複雜的網絡，然後向地面送出一株株的植物與花，正符合「出現了！」的意象。盤根交錯的根莖，哪些部分在什麼地方，和其他的哪些部分結合？我們無法想像，超乎我們預料。因此，長新太的作品中，意想不到的東西會彼此結合，高麗菜、人和狗，會緊緊相連。

03 堆東西的，被堆的東西

我們心中都有一個既成的想法——積木是讓人拿來堆積的東西。但說不定其實積木就像它的名字，是能夠堆積一切的木頭。積木還說：「只是被人拿來堆，未免**太無聊了**」。總之，我們面對這個積木的威力，是束手無策的。

「把太陽　堆在　地球的上面
我們啊　連這種事
也做得到喔」

積木甚至說了這樣的話。不過，即使是積木，畢竟也會考慮後果，沒有做出這麼莽撞的事。但在插畫的頁面寫著「順便畫了　地球上面　堆著太陽的

畫 請順便欣賞」，我們可以看到畫裡火紅的太陽下面，黏著小小、小小的地球。這幅畫讓我們切實感到，人的存在是如何地卑小。

到了這個地步，爸爸也終於搞清楚狀況，顫抖著向積木道歉：「真是萬分失禮！」同時用毛巾細心地將它們擦拭乾淨。「我」從爸爸那裡接過積木，把它們放到玩具箱裡，小不點就從爸爸的頭上下來了。看來積木總算原諒了他們。往窗外看出去，先前的警察先生頭上已經沒有汽車，像平常那樣走路離開。大樓也不再三棟疊在一起，正常地立在地面上。我們又回復到日常世界，剛剛發生的所有事情，好像都是假的。不管誰都想大聲問：這到底是怎麼回事？長新太若無其事地，向我們提出這樣的世界。

長新太的《轟隆轟隆 喵～》（『ごろごろ にゃーん』）也是很有趣的繪本。一開始我們看到「飛機 轟隆轟隆 貓 喵～喵～地 叫著」的說明，很多貓划著小艇，正要登上飛機。接下來「轟隆轟隆 喵～ 轟隆轟隆 喵～ 飛機 在飛」的文字說明不斷地反覆，我們看到每扇窗子都有貓咪向外張望的飛機，飛在各種場景裡。

飛機正在飛的時候，像幽浮一樣的物體，長長的、橫躺在地上的蛇，一大群兇惡的狗，各式各樣的東西突然出現在旁邊。儘管如此，飛機還是「轟隆轟隆 喵～ 轟隆轟隆 喵～」，毫不在意地飛著。最後貓兒們平安地結束飛行，「轟隆轟隆 喵～ 我回來了」回到海面上來。各種突然出現的東西中，最讓人嚇一跳的，是飛機降落前突然伸出來，好像要抓住飛機一樣，一隻巨大的、人類的手。狗啊、蛇啊、幽浮等等，都可以看作是讓貓咪們天空之旅多彩多姿的點綴，但這隻手是怎麼一回事呢？

幸好這冊繪本夾著一本附帶的小冊子，上面有一篇長新太寫的《貓大叔的話》，我們可以透過作者自己的語言，了解他製作這冊繪本的意圖。

「這是哪裡？——不可以想這種問題。我們身在無法計測的空間裡。」貓大叔這樣說。

貓咪們，各自自由地展開幻想的翅膀飛行。

「誒？可怕的人類，又伸出手想要捉我們了！」有的貓這樣說，原本就只有梅子那麼大的心臟，又縮得更小了。「這隻巨大的手，是我們內心對人類不信任的象徵。」也有像這樣，進行哲學性思考的貓。

非常精彩的文字。貓大叔說了，「這是哪裡？不可以想這種問題。我們在一個無法計測的空間裡」。為什麼大樓的上面疊著大樓？在警察先生頭上疊汽車，他不是要被壓扁了嗎？「不可以想這種問題」。「我們身在無法計測的空間裡。」

話雖如此，有的人就是沒辦法不想，怎麼也無法忍耐。他們覺得，這個世界有這個世界的規矩，人一定要遵守。於是維護這種日常性思考的守衛——警察登場了。警察先生走進廚房，問爸爸：「來到 這個房子的 前面、汽車、就疊到我頭上、我覺得 很奇怪。這到底是怎麼回事？」插畫裡警察先生指著自己的頭，一臉困惑。不愧是警察先生，說話一絲不苟，總好像在指責人似的。

之前一直不知所措的爸爸，看到警察先生來就安心多了，開始說明事情的原委：「其實啊，事情是如此如此這般這般……」聽到爸爸的解釋，警察先生的反應很有趣。他先是說：「怎麼有這麼可怕的事！」，而且還「抖～抖～」全身打起了寒戰，但是當爸爸說到「狸的上面堆著蝦子和鞋子和雨傘和老奶奶」時，終於喚醒了他的職業意識。「這傢伙很可疑！」他打起精神，說：「立刻 逮捕！」

警察先生發揮看家本領，毅然決然地掏出手銬。但這時候「我」說了：「積木 沒有手」。「原來如此。它們長得像關東煮 是圓形和三角形呢。」警察先生說出他心中奇怪的聯想，好不容易擺出來的權威，變得有點可笑。圓形的是水煮蛋，三角形是蒟蒻。

儘管如此，警察先生可沒有那麼容易放棄。他說，這件事要是讓大家都知道，那可要引起大騷動了，所以要在這裡逮捕積木。他說得倒也沒錯。如果這樣的積木隨意走到市中心，

「堆啊堆啊、堆一個！」

這樣喊一聲，可要造成大混亂了。為了維持街坊的治安，無論如何都應

該逮捕它們。但是，這時候發生了驚人的事情。

「不可以 逮捕它們！」

有人大喝一聲。廚房門口站著一個怪人，身體全部是橘色的，但警察先生看見他，就緊張了起來：「這不就是 署長嗎！」那個人對爸爸說：「那些積木，請你 不要管 隨它們去」。爸爸問他，為什麼會變成橘色？署長說：「吃了 很多 蜜柑、所以 變成這樣。哈、哈、哈」。雖然看起來沒什麼威嚴的樣子，但他總算帶著部下離開了。

04
貓

署長帶著部下離開後，「我」立刻對爸爸說：「你不覺得　剛剛的　署長有點奇怪嗎？」。署長的臉是圓形，身體是三角形，全身都是橘色，確實很奇怪。看到這裡的插畫馬上就懂了，誰都可以猜到，這位署長是圓形與三角形的積木變成的。紅色的積木和黃色的積木混在一起，就變成橘色。下一頁的插圖中，紅色的三角和黃色的圓有一部分重疊，那部分是橘色的。這兩個積木可真是了不起的角色，稍微動點手腳，就巧妙地把守護日常規則的警察先生趕走了。「不可以　逮捕它們！」的聲音背後，我們彷彿可以聽到貓大叔說「這是哪裡？不可以問這種問題」，實在讓人愉快。

但是，當爸爸和「我」跑去看積木的情況，卻發現它們乖乖地待在玩具箱了，什麼變化都沒有。爸爸叫喚它們：「積木先生、積木先生」，它們卻完全沒有回答。於是爸爸試著大聲地說：

「堆啊堆啊、堆一個！」

積木靜默不語。爸爸變得偏執了起來，反覆地說「堆啊堆啊、堆兩個！」、「堆啊堆啊、堆三個！」，但積木完全不理會他。「不能讓　這麼可怕的　積木　待在家裡」爸爸執拗地說。他說，要是積木假扮成爸爸或媽媽，那可麻煩了；下一頁我們就看到積木變成爸爸、媽媽、「我」、貓咪小不點的樣子，畫得很傳神。認真想想，三角形和圓形實際上是基礎的形狀，幾乎可以說，這兩者可以組合成任何東西。或者可以說，如果我們將現實的事物變形，找尋基本的形狀，得到的是圓形與三角形也說不定。這一點讓我們看到長新太作為畫家的真本領，他的想像力雖然天馬行空，卻不是隨隨便便的。我想起著名的禪僧仙崖，他曾經畫了一幅圓形、四方形、三角形的畫，將它命名為「世界」。

爸爸心急如焚。要是不想辦法和積木取得某些約定，之後就傷腦筋了。所以他從「堆啊堆啊　堆一個」開始，跟著說堆兩個、堆三個……，希望積木可以開口。到了堆九個的時候，爸爸才說出「堆啊堆啊」，貓咪小不點就接著：

「喵～」

叫了一聲。聽到這裡，積木也忍不住笑出聲來，開始滔滔不絕地講話。它們說，如果不要再把它們當成荷包蛋來煎，它們就不會再搗亂，請大家安心。不過，希望只有在夏天的時候，才把它們放進冰箱裡。

「對响 已經是 冬天了呢。外面的 銀杏的 葉子也 變成黃色落下來了。」爸爸說。積木也回答：「接下來 會變得更冷呢。」對話突然變得很和睦。爸爸問積木，要不要喝杯果汁？積木說：「我們 最喜歡 待在這個玩具箱裡。請忙你們的 不用再招呼我們了。」爸爸也安心了，和「我」一起向積木說再見。

「堆啊堆啊 喵～」

因為這樣一句話，積木忍俊不住、開始說話，打開了和平共存的道路，也解除了爸爸的擔憂。貓咪小不點的一聲「喵～」立了大功。爸爸和「我」拼命想要讓積木開口，卻找不到方法。這時候打開活路的，是貓咪。

人類的智慧走到窮途末路的時候，常常藉助動物的智慧。當我們不勉強思索解決的辦法，靜心等待的時候，動物會前來相助。我曾經為一位拒學的高中生進行心理治療，後來那孩子終於鼓起勇氣，決定開始上學。我很高興，他的父母親也抱著很高的期待。那孩子雖然強忍著痛苦上學去，但是在學校待不到半小時，就逃回家裡。那時候，孩子本身也對自己的不中用感到憤怒、悔恨，不知如何是好。父母親想要對他說點什麼，卻是手足無措，不知道該怎麼接近這孩子。那孩子把自己關在房間裡，似乎拒絕一切的接觸。於是，那孩子的父母把我叫到他們家。雖然那孩子讓我進到他房間裡，但氣氛如此僵硬，我一句話也講不出來。當然，他也什麼都沒說。

我靜靜地坐著，期待著情況可以有些改變。這時候，平常那孩子很疼愛的一隻貓，慢條斯理地走進房間來，一下就跳到那孩子的腿上，但是那孩子心情正不好，揮手把貓趕開。貓顯然完全沒有料到會有這種事，大大地嚇了一跳，在房間裡四處亂竄。一直到今天我想起這件事，仍然好像可以看到那隻貓當時嚇得魂不附體的表情。看到貓慌張的樣子，我們兩人都忍不住笑了出來。就在那一瞬，我們的心有了連結，凍結的空氣也和緩了下來，完全就像「堆啊堆啊、喵～」一樣。

傳統故事中，主人翁經常從動物那裡得到智慧，也是同樣的想法吧。我們萬萬不可忘記，要借用動物的幫助。

05 幻想與現實

多虧了貓咪小不點的幫忙，爸爸得以解決困境，心情也安定了下來，對「我」說：「現在開始 今天發生的事情 要對媽媽 保密。因為要是 告訴媽媽 怪積木的事 媽媽會害怕呦」。「我」心裡想，其實是因為，如果讓媽媽知道爸爸用積木煎荷包蛋，那他麻煩可大了，所以爸爸才想要保密吧！不過，因為把積木放進冰箱的是自己，所以這件事還是不要告訴媽媽比較好。這時候「我」輕聲地說了句「堆啊堆啊」，小不點馬上跟著叫了一聲「喵～」，這個愉快的故事就在這裡結束。

我們先不要生氣，先不要怪這對父子想要瞞騙媽媽。人有時候不得不保有秘密。要讓媽媽——現實生活的體現者——理解，積木怎麼會變成警察署長，三棟大樓又為什麼疊在一起，可不是件簡單的事；而且，聽到這些惡作劇，說不定會引起媽媽的恐慌。我們可以這樣看待這件事：因為父子之間——雖然是不太牢靠的爸爸——共有一個秘密，「我」向著男人的世界，跨出了一小步。

話說回來，這些事件脫離常識的程度，確實驚人。但長新太能夠將如此的無厘頭（nonsense），和日常生活結合，化為某個星期天的插曲，實在是了不起的才能。其秘密之一，來自他在視覺造型上傑出的設計能力。長新太描繪的空間既然是「無法計測的空間」，登場的人物，就不能和外在的現實世界有相同的樣貌。因此，在長新太繪製的空間中出現的人物，都經過單純化或是變形，但同時這些造型卻又給人極度逼真的感覺。或許是繪畫的精準度，巧妙地平衡了完全無厘頭的世界，讓我們感到安心，接受作者引導而進入這樣的世界裡。長新太應該是個對現實有極高的認識力與思考力的人吧！

長新太在他另一部繪本作品《放屁》(『おなら』)2中的表現，完全就是一位貨真價實的現實主義者。他在作品中詳盡地傳達關於放屁的正確知識，使人幾乎想要將它當作自然科的教科書使用。他畫出人體的內臟，說明屁是經過什麼過程產生的，也透過圖畫告訴我們，健康的人一次放出來的屁大約是一百毫升，一天大約要放五百毫升的屁，屁可以分為臭的和不臭的兩種等等。毫無疑問，這本書孩子們一定會看得津津有味。一方面小孩子本來就都對屁充滿好奇，另一方面，從來沒有人以如此「科學的」方式，這麼詳細教導他們有關放屁的知識。身為「出現了！」的名手，長新太也對屁抱持特別的關心，想要嘗試科學性的探究吧！要不是能夠冷靜、確實地注視著現實的人，是無法描繪出無厘頭世界的。

《堆啊堆啊　喵～》的文字與圖畫巧妙地調和，是極為傑出的作品。長新太在該書的〈後記〉中表示，「文字與圖畫的協同作用非常重要」。「文字或圖畫，都不能過度主張自己」，就像包子的皮與餡一樣，最重要的是平衡。雖然我也因此討論了這本書的圖畫部分，但我的描述畢竟遠遠不及實物，有興趣的讀者請務必閱讀原作，實際觀察《堆啊堆啊 喵～》的文字與圖畫，是如何經由互相的協調，而增強了彼此的效果。「我」在各個情境下的表情，圖畫與文字所佔空間的比例，彩色畫與黑白畫的配置，如果我們能夠觀察到這些，將會更了解這本書的精彩。

說到平衡，幻想與現實的平衡也很重要。讓我們再次引用貓大叔的話。貓大叔在說完「貓咪們，各自自由地展開幻想的翅膀飛行」之後，繼續告訴我們，有一隻貓說：「看看下面，有好多好多人類，真可怕！」另一隻貓回答：「如果有很多人類，我們也就能夠生存下去。」還有其他的貓擔心「今天晚上，要睡哪兒……」。換句話說，即使是貓，也不是那麼簡單就可以逃離現實，想要沉浸在幻想的世界，是相當困難的事。

貓大叔接著說：「我們這些野貓，竭盡全力、拼命地活著。正因為如

2　編註：本書有中文譯本：《放屁》，長新太／圖文，漢生雜誌，二〇〇三年。

此，有時候我們必須乘著幻想的飛機，在空中飛翔。如果一生當中，都只是隨時隨地提防著人類與狗，為了躲避他們四處逃竄，這樣的生命是無法忍耐的。直視現實的心，與戲耍於幻想的心，必須巧妙地取得平衡。喵～喵～，哈哈哈！」說著說著，貓大叔笑了。

貓大叔真不是等閒之輩。不過，我們不也是如此嗎？不希望只是整天被工作與稅金追著跑，不願意一直在意別人的想法，想要在幻想的世界中翱翔。但是，想要在這之間保持平衡，是何等困難啊！《我的蠟筆》（『ぼくのくれよん』）[3]的故事，描繪一隻拿著巨大蠟筆、到處塗鴉的大象。大象塗的顏色面積實在太大，使得其他動物誤以為那是池塘、火災，造成許多困擾，最後終於惹得獅子生氣了。故事的最後，「可是呢　大象好像　還是　還是畫不夠　拿著牠的蠟筆　跑出去了」。有時候，貓大叔也會忘了平衡的事，想要滿滿地張開幻想的羽翼，不是嗎？

3 編註：本書有中文譯本：《我的蠟筆》，長新太著，鄭明進譯，維京，二〇〇七年。

第九章

佐野洋子

《我還是妹妹的時候》

01 兄與妹

異性手足是奇妙的存在。體內流著同樣的血液，從出生就一起長大，因此有一種來自「同質性」的競爭關係；同時由於是「異性」，所以在彼此拉鋸的關係中，又混入了不可思議的吸引力。當然，小時候並不會有身為「異性」的意識，但我們在這種關係中感受到的、難以理解的魅力，和人類對異性的感覺，本質是相通的。人一生下來，與異性至親、異性手足間的互動經驗，就逐漸為成人後與異性的結合，形成基礎。

對小女孩來說，哥哥的存在是何等親密，何等光輝耀眼，佐野洋子[1]的《我還是妹妹的時候》（『わたしが妹だったとき』）有非常精彩的描述，同時，也因此讓我們看到少女內在的深處。

這本書一開始的標題是〈痲疹〉，第一句話則是「我躺在醫院的病床裡」。生病在孩子心靈成長的過程中，具有極深的意義。對於隨時充滿活力、不斷動來動去的孩子來說，一整天都躺在床上，是非常奇妙的經驗。所有的事情都和「尋常的日子」不同。人的一生會發生各式各樣不尋常的事情，甚至那些我們以為很「普通」的事情，其實一點都不「普通」也說不定。人有時候，就是需要走到一成不變的生活之外看看。

「我得了痲疹，因為會傳染，所以在醫院裡。」這孩子得了痲疹，而且住院了。為了防止「疾病傳染」，和家族隔離。這對孩子來說是重大的事件。在孩子心裡，家人一直都是「一體」的。然而因為這種緣故，一體性被打破了，只有自己不得不和大家分開生活。這是非常嚴重的事情。但是，來探病的哥哥看到妹妹住院的樣子，心裡卻覺得「好好喔」。為什麼會這樣？

1 譯註：佐野洋子（さのようこ，1938-2010）日本作家、繪本作家。幼年時體弱的兄長死去，對其日後創作風格影響甚鉅。四歲時想要牽母親的手，被母親「嘖！」的一聲甩開，從此母女一直處於敵對狀態，直到母親罹患失智症之後才終於和解。二〇一〇年因乳癌而死去。

不管怎麼說，孩子們就是喜歡不一樣的事。生病毫無疑問是痛苦的。但是離開家人住院，甚至會給他們一瞬間變成大人的感覺。說起來，就像是某種慶典一樣。有人來探望，媽媽無比溫柔，調皮的小男孩們變得很乖巧——總之有許多不尋常的事發生。小時候從來沒有生過病的人，損失可不小。以這一點來說，「痲疹」這樣的東西，說不定是神為了盡可能公平地讓所有孩子們都能擁有「慶典」的體驗，而構想出來的呢！

醫院的庭院四周圍著土牆，「我」目不轉睛地盯著牆中間的一扇門。不用說，「我」當然是在等待前來探病的母親與哥哥。不久兩人出現了。「雖然距離還遠，他們笑著向我揮手。停下腳步，兩人一起向我揮著手。」儘管是每天見面的家人，透過醫院的窗子看起來，卻有不同的樣子。「媽媽看起來就像是世界上最美麗、最溫柔的媽媽。」雖然我們說生病對小孩來說是一種慶典，但那只有當有人關心她的時候，才能這樣說。孩子生病時如果沒有人守護，或是缺乏足夠的照顧，生病就等於是地獄。

「我」沒有這種情況。媽媽很溫柔，哥哥雖然「吊在媽媽的手臂上，故意展現給我看」，心裡卻很羨慕住院的妹妹。「穿著外出用水手服的哥哥，就像是媽媽唯一的孩子」，然而卻發生了奇妙的事。自己也想變成媽媽的獨生女，從遠處看著生病的哥哥——就在這樣想著的時候，「我」逐漸分不清自己和哥哥，究竟誰是誰。同時「我」清楚地知道，哥哥也很想感染痲疹住院。

在醫院停電的一瞬間，兄妹身分互換了。「我牽著媽媽的手站著」，「哥哥穿著白色的睡衣，自己一個人站在那兒，明明看起來很寂寞，卻一副因為得了痲疹，而洋洋得意的樣子」。

那時候開始，我一直搞不清楚生病的是自己，還是哥哥。

哥哥也搞不清楚。

兄妹兩人之間，產生相當程度的同一化。那些和兄弟姊妹感情很好的人——記不記得是另外一回事——小時候一定有過這種同一化的經驗。透過這種經驗，可以讓人擁有豐富的人生。長大後必定要經歷的事情，可以在小時候預先演習；即使長大了，也可以重新體驗幼年時快樂的經驗。同一化的對象如果是異性的手足，更能讓我們透過經驗認識「異性的世界」。妹妹以同一化的哥哥作為嚮導，從縫隙中窺見了大人的世界與異性的世界。

02 大人

下一章的標題是〈狐狸〉。「我啊，戴上最漂亮的帽子，穿上媽媽的裙子，還戴上粉紅色的項鍊。」看看鏡子裡的自己，覺得還沒打扮好，於是又拿起金色的手提包，在脖子上圍著狐狸的圍巾。模仿大人是很有趣的事。「我」斜眼看向鏡子，「就這樣斜著眼，做出最可愛的表情，笑了」，感到心滿意足。

但就在這時候，哥哥滿臉都是血，哇！哇！地哭著回來了。這可不是扮大人的時候。「我」立刻變回小孩子，和哥哥一起哇！哇！地哭了起來。「我」用狐狸的圍巾去擦拭哥哥流滿了血的臉，說也奇怪，血就不再流了，哥哥也突然不哭了。

停止哭泣的哥哥，逐漸恢復了做哥哥的威嚴。他開始解釋，只是因為和同伴比賽挖鼻屎，所以流鼻血而已；剛剛的大哭，好像從沒發生過一樣。這時候哥哥看到狐狸沾到血，想到「對响，我們用這個沾到血的狐狸，來玩狐狸捉迷藏吧！」。幸好媽媽不在家，他們把爸爸房裡裝飾用的槍拿出來（本來是連摸都不可以摸的），開始玩狐狸捉迷藏。

哥哥把狐狸橫放在沙發上，拿著槍鑽到桌子底下。他們假想現在是晚上，自己在叢林裡。

「現在是晚上。好黑。」

「現在是晚上。好黑。」

總之，「我」就是一字不改地重覆哥哥說過的話。這一來，不可思議地，他們真的感覺到邪惡的狐狸正逐步向他們逼近。哥哥說的話好像有魔法般的效果。

「啊——啊——啊——被攻擊了。啊——被幹掉了。嗚——嗯。」

哥哥還是拿著槍，碰！的一聲倒到地上。

「啊——啊——啊——被攻擊了。啊——被幹掉了。嗚——嗯。」

我也碰！的一聲倒到地上，躺了下來。然後，閉上眼睛。

「我」就這樣完全照著哥哥的話做，進入獵狐狸的世界。在這裡，兩個人都是堂堂的大人。哥哥真是了不起啊！一下子就把小小的「我」，帶入大人的世界裡。儘管如此，長時間閉著雙眼終究是覺得膩了，「我」稍稍張開眼睛偷看。

看到狐狸了。

狐狸站在沙發上面。

我嚇了一跳，回頭看哥哥。

哥哥的眼睛睜得大大的，看著狐狸。

狐狸搖動著大大的尾巴。然後，視線從我和哥哥的身上掃了過去。

喝！事情可不得了。雖然說他們玩到入迷，一開始的時候仍然知道自己在演戲；但到了這個地步，就已經分不清了。狐狸「伸出粉紅色的舌頭，舔著自己的尾巴」，還「張大了嘴打哈欠」。獵狐狸的遊戲突然開始具有逼真的力量。

後來當兩個人又恢復神志的時候，狐狸圍巾的尾巴斷成一節一節，不應該碰的、父親的槍，也折成兩半。年幼的兄弟姊妹一起忘我地進入大人的世界，大鬧一場後再次回復小孩的身分，面對嚴厲現實時那種難以言說的心情，回想起我自己的經驗，仍然歷歷在目。

這件事到底要怎麼收拾呢？哥哥還是霸氣十足。

「沒問題的，我來處理。這只不過是條狐狸圍巾呦。」

「這只不過是圍巾呦。」

我也跟著說。

獵狐狸就在這裡結束了。因為哥哥魔法般的話語，一切都恢復原狀。狐狸圍巾回到「只不過是狐狸圍巾」的樣子。可是，狐狸尾巴切碎了，槍也折斷了。哥哥的智慧也在這時候發揮，他把槍放到壁櫥裡，折斷的地方用一本打開的書遮起來。狐狸圍巾和尾巴一起放到箱子裡，悄悄地蓋上蓋子。

哥哥的智慧對大人有多少效果，書裡沒有寫。不過就算「我」後來被爸爸媽媽責罵，只要能和哥哥一起，也就心滿意足了吧！

03 光輝

不過，就算「我」再怎麼和哥哥同一化，也不可能所有的事都一樣。

佩斯不是我的狗。
佩斯是哥哥的狗。
我怕狗。

哥哥常常和佩斯一起玩，一起分著餅乾吃，佩斯喜歡舔他，但是「我」因為怕狗，只能在旁邊看著。凡事都想和哥哥一樣的「我」，對這件事的感覺相當複雜。哥哥好像也隱約感覺到這一點。

吃過晚飯，哥哥和佩斯一起出去散步。他們爬上庭院一角的、煤炭堆起來的小山丘，蹲坐著，頭上有白色的蟲子繞著他們飛。

有時候白色的蟲子會發光，佩斯和哥哥看起來就像聖誕卡裡面的天使。

每天每天晚上，我從玻璃窗裡面，看著黑色山上的佩斯與哥哥。

那也是沒辦法的事，佩斯是哥哥的狗啊。

對「我」來說，這件事相當難受。明明所有的事都想和哥哥一起做，但對於哥哥與佩斯的行動，卻除了在旁邊看著，沒有別的辦法。而且因為佩斯和哥哥看起來就像「聖誕卡裡面的天使」，「我」的嚮往之熱烈非比尋常。所以「每天每天晚上」都看著哥哥與佩斯的舉動。

上床睡覺的時候，哥哥小小聲地和她說話：「剛剛佩斯和我去了哪裡，你知道嗎？」因為一直在觀察著，「我」立刻就回答了：「知道呦。我看到你們爬到煤炭山上去了。」但哥哥接著說了些別有用意的話，意思是「不只如此」：

「因為佩斯是我的狗啊。那些好地方，牠只會帶我去喔。」

哥哥明知道「我」的心情，說這種話明顯是使壞心眼。「那些好地方，牠只會帶我去」，所以你不會知道。這一方面是年齡的差別，一方面也是男女的差異吧！總之哥哥要說的是，不管你再怎麼努力，我都比你厲害一級。這哥哥很顯然是在「欺負」妹妹。到了這個地步，「我」也無法再保持沉默，忍不住要反擊了。「說謊是當小偷的開始。小偷！小偷！」然而哥哥卻沒有回話。他已經睡著了。然後不知不覺中，「我」也睡著了。

「使壞心眼」有很多可能的原因。有時候我們因為愛，使得自己與他人之間的界線變得模糊，開始感受到失去自我的恐懼，這時候為了重新確立自己的存在，很容易就開始「使壞心眼」。這對兄妹的情況，可以說就是如此。不過，這種方式的「使壞」較常出現在女性身上，可見這位哥哥和「我」的關係太過密切，因此表現出女性的一面。雖然如此，稍微吵架以後兩個人都睡著了，這一點很好。他們畢竟是感情很好的兄妹。手足之間感情再好——或者應該說，正因為感情好——這種程度的爭吵，對成長來說是必要的。不管彼此之間有多麼親近，我們都必須明確地認識到，自己和他人是各自不同的個體。

那天夜裡，「我」的枕邊有人唏唏唆唆地交談著。睜開眼睛一看，「我」嚇了一跳；佩斯帶著帽子，穿著衣服，用後腳站著，隔著窗子和哥哥說話。哥哥說「知道了，現在就過去。」穿著睡衣就出門了。

佩斯帶著黑帽子，穿著黑色西裝，輕巧地和哥哥並肩走在一起。哥哥還是一身睡衣，赤著腳，「兩個人一起爬上」那座煤炭小山。這時候把佩斯當作人，用一個人、兩個人來數，應該是適當的吧。白色小蟲飛過來，在兩人頭上盤旋，不時發出亮光，就好像星星繞成的環一樣。星星的環慢慢地旋轉，不久變成一個摩天輪，佩斯和哥哥就坐到摩天輪裡。

黑暗的庭院中，黑色的山上，黑色的摩天輪旋轉著。

哥哥和佩斯看起來也都是黑的。

只有窗子的光，非常明亮。
我透過玻璃窗，看著摩天輪。

有時候我們的夢雖然看起來和現實中發生的狀況相像，卻可以讓我們看到隱藏在現實中的真實。哥哥說「那些好地方，佩斯只會帶我去喔」，「我」覺得哥哥欺負人，於是回他「說謊是當小偷的開始」。「我」說得一點也沒錯，所以哥哥被說是「騙子」也無法辯駁，只能閉上嘴睡覺。但是在內心深處，「我」知道哥哥說的其實是真的。那麼，他們兩人去了什麼地方？夢告訴「我」的，是靈魂深處的真實——說不定哥哥自己也不知道的真實。

佩斯不只是動物。插畫裡——佐野洋子自己畫的，非常傑出的插畫——佩斯是一位相貌堂堂的紳士，他的身分是哥哥的領路人。

兩個人乘著像「星星的環」一樣的摩天輪，從高高的空中往下看著世界。黑色山上緩慢迴轉摩天輪的光，是如此燦爛奪目。「我」從醫院裡，看到手牽著媽媽的哥哥時，雖然也感到羨慕，但那時相互間的立場，是可能交換的。然而乘坐著摩天輪的哥哥和旁觀的「我」，立場卻不可能互換。有時候，即使自己無法親身前往，人也必須透過經驗，知道美麗珍貴的世界是存在的。「我」所看到的光輝耀眼的世界，是只有哥哥——在穿西裝的佩斯引導下——才能去的世界。或許可以說，那是存在於小女孩內心深處的男性世界。不屬於這世間的光輝所帶來的感動，以及自己無法前往「彼處」的哀傷，兩種滋味「我」都必須嚥下。這段文字最後反覆的句子，很傳神地表達出「我」的心情：

因為，佩斯是哥哥的狗啊。
因為，佩斯是哥哥的狗啊。

幼小的孩子在成長的過程中，也會經歷相當深刻的經驗，只是大人們不知道而已。

04 下降

接下來一章的標題是〈鹿〉。先是出現狐狸和狗，跟著是鹿。孩子們和動物的世界有奇妙的連結，不過其意義卻隨著場合有所不同。在這裡，鹿有什麼樣的意義？

晚飯後「我」拿到柿子，和哥哥一起吃。哥哥大口咬，「我」也就大口咬，哥哥說「嗯嗯、好吃好吃」，「我」也跟著說「嗯嗯、好吃好吃」。就像平常一樣，一切都模仿哥哥。哥哥吐出柿子的種籽，告訴「我」把它種在院子裡，就會長出柿子樹，還會結出果子來。「我」聽得目瞪口呆。跟著哥哥說：

「要種之前，先要消毒。」

把吐出來的種籽，又放進嘴裡。

我也說：

「要種之前，先要消毒。」

把柿子的種籽放到嘴巴裡。

正當我們覺得妹妹凡事都模仿哥哥的時候，發生了奇怪的事情。種籽咕嚕地滑進喉嚨裡去了。「我」才剛嚇了一跳，沒想到哥哥也把種籽吞進肚子裡。雖然是偶然發生，但這一次是「我」先做，哥哥跟在後面。這正是手足間有趣的地方，在意想不到的時候，妹妹跑到哥哥前面去了。

那天晚上「我」睡著了以後，從耳朵深處傳來「喀……喀……」的聲音，醒過來一看，哥哥全身赤裸站著。令人驚訝的是，哥哥兩邊的耳朵，都長出了樹木的枝枒。柿子樹長出來了。「我」的耳朵也長了樹枝。擔心肚臍是否也長出樹枝，「我」急急忙忙把衣服全脫掉，肚臍沒事。哥哥說，肚臍因為塞滿了汙垢，所以沒事。「我」說：「哥，要是我們沒有掏耳屎，柿子樹就不會從耳朵裡長出來了吧！」哥哥接著說，那說不定會從鼻孔長出來。「我」聽了以後，慌慌張張把衛生紙揉成一團塞到鼻孔裡，也趕緊把衛生紙遞給哥哥。「哥，你看起來好像一隻**鹿**喔！」哥哥聽了很高興，就說，我們一起來變成**鹿**吧！

事情發展到這裡，主導權完全跑到妹妹這邊來。從吞下柿子的種籽開始，情況就改變了。佩斯帶著哥哥爬到煤炭山的高處時，妹妹無法同行，只能遠遠看著那個世界。但是當柿子的種籽順著食道「下降」到胃裡，女性成了主導者。人對於上昇與下降，都必須有所認識；一般來說，男性具有前者的傾向，女性則對後者拿手。從耳朵長出柿子樹、變成鹿等等，人下降到動物與植物的階段，對生命來說是絕對必要的。透過這樣的經驗，能夠使我們的世界更加豐富。從未有過這種經驗的人，是有所欠缺的。

兩個人就這樣裸著身體，四肢著地，完全像鹿的樣子。從耳朵長出來的柿子樹開了花，結出青色的果實，而果實也慢慢熟了。

「哥，柿子變紅了吻。」
「因為已經秋天了。」

這兩個孩子，在一夜之間經歷了四季的移轉。對日本人來說，四季具有意想不到的重要意義。浦島太郎的故事中，龍宮城的東邊是春天，南面則是夏天的景色，四季的風物同時存在。在民間傳說《黃鶯的故里》2中，對於四季的描述給人深刻的印象。美麗的女性告訴年輕男子，某個房間是「禁止窺視的房間」。男子違背禁令進去一看，看到了稻子的播種、育苗、插秧、收割等四季的變化。乙姬居住的龍宮城，以及「禁止窺視的房間」，都可以看作

---

2 譯註：「禁止窺視的房間」是日本民間故事的一種類型，這類型的故事，大綱都非常類似。迷路的男性遇到美麗的女性，受到豐盛的款待。女性警告他某個房間是「禁止窺視的房間」，但男性還是偷偷的打開門窺視。這時候，一瞬間房子、所有的東西都消失，美女也不見了，化為一隻黃鶯（或是鶴）飛走了。《黃鶯的故里》就是這類型故事之一。

女性深奧的世界。在那裡，人可以在一夜之間，甚至是一瞬之間，經歷四季的移轉。那是了不起的世界。但是，它和光輝耀眼的摩天輪是不同的世界。

從耳朵長出來的柿子樹，結成紅色的果實。那柿子也掉落地面破掉，露出種籽。兄妹兩人在地上挖洞、種下種籽的同時，柿子樹的枝枒瞬時從耳朵掉落，兩人恢復人類的樣貌。從種籽開始的、柿子的一生結束了，他們從動植物的世界，又回到「此岸」來。

「既然已經不是鹿了，我要站著尿尿。」哥哥一邊說，一邊小便。希望讀者們不要認為這孩子下流、沒有教養。通往動物與植物世界的道路，經由人的身體展開。這條道路要是不通，人要不是變成所謂的「大頭症」，就是陷入可怕的精神官能症狀態。我們的身心間必須有良好的連繫，而這連繫經常化為生理的欲求，讓我們意識到它的存在。一般對幼小的孩子來說，身心的連繫是很自然的。吃柿子，小便，在自由地滿足生理欲求的過程中，這兩個孩子經歷了相當深層世界的體驗。不過，現在既然回到人類的世界，已經和其他動物不同了，所以要好好地用兩隻腳站著小便。這時候「我」也立刻模仿哥哥，站著小便。欸？「我」不是女孩子嗎？——那沒有關係。他們的感情太好了，有時候分不清楚是男是女。進入深層世界之後，男女的差異消失了，即使已經回到「此岸」，「我」仍然和哥哥做同樣的事情。不過，

早上一起床，我的床上有尿床的痕跡。

睡衣在床底下，我沒有穿衣服。

哥哥的床底下，也是尿溼的睡衣。

「我」過度投入夢的世界，因而尿床了。那哥哥呢？他也應該是在妹妹的引導下，和她共享了同樣的夢境吧。

浦島太郎也好、《黃鶯的故里》也好，無意間進入深層世界的男性們，結局絕對不是幸福的。這位哥哥在精彩的夢境體驗之後，只是因為尿床而受到父母叱責，還算是幸運的吧！

05 別離

不論兄妹如何感覺一體，當青春期到來，還是非得經歷「別離」不可。如果不在這裡告別，將來無法得到幸福；即時現在分離，經過一些歲月之後，還是會發展出不同層次的關係。然而在這部作品裡——根據〈後記〉的敍述——很遺憾地，作者的哥哥來不及長大成人，就過世了。「哥哥死了。我一動也不動，靜靜地看著逐漸死去的哥哥。」因此，「我」和哥哥的別離，不得不發生在極深、極深的層次。

最終章的標題是〈火車〉。

每天我吃完晚飯，都會去看火車。

運氣好的時候，說不定可以搭上火車。運氣不好的時候就搭不上了。

為了去看火車，我都會把衣服脫掉。內褲也脫掉，全身赤裸。

欸？去看火車為什麼要裸體？作者很快就說明。「我」所看到的「火車」，是洗澡的時候用力瞇起眼睛，看著映照在浴桶水面的電燈光。細細的、絲線一般的光芒，看起來就像疾駛在草原中的火車。這種事對於習慣現代明亮浴室的人來說，應該是難以想像吧。從前的浴室是昏暗的，浴桶也是木製的圓桶。在圓桶的水面上，看到一列奔馳的火車，如果是我這個年齡的人，馬上就會喚起同樣的回憶。

我靜靜地搖動浴桶的水。

火車也搖動了。

戚戚喀喀——

戚戚喀喀——

微弱的火車聲，逐漸變大了起來。

尖銳的汽笛響了。

運氣好的時候，可以「搭上」這列火車。一旦搭上了，就可以看到草原的遠方，一排小小的、屋子的燈光。「啊，哥哥，我今天搭上火車了呦。」「嗯，太好了呢。」兩人光著身體，愉快地搭著火車。除了他們以外，沒有別的乘客。

「哥哥，謝謝你教我搭火車的方法。」

不久，火車靜靜地靠站。「我」走下車廂，哥哥留在車上，把臉貼緊車窗，像小狗一樣的眼睛，注視著這邊。

哥哥的臉孔搖啊搖啊，散去不見了。

因為我攪動了水。

哥哥乘坐的火車，在水和光線中失去了形狀。

哥哥所乘坐的火車的光線，和先前出現的、摩天輪的光線，是一樣的東西。而這列火車，就是「我」的「銀河鐵道」。

我認為《銀河鐵道之夜》這部精彩作品的背後，是宮澤賢治失去他最愛的妹妹的經驗。賢治乘著火車去了相當遠的地方，卻一個人回來。兄妹的情感如何濃烈緊密，也不可能永遠兩人一起搭著同一部車。

「我」也和哥哥一起坐上車了。哥哥教了「我」好多好多的事情啊。和「我」分享了好多好多的經驗啊。

那座眩目的摩天輪，只搭載了哥哥和佩斯，沒有讓「我」搭乘。但是，兩人一起坐上這列「銀河鐵道」了。兩人一起看到的火車光芒，如此耀眼。從火車裡看到的屋子的光點，是這麼令人懷念。而「我」下了車，哥哥卻繼續前行。為什麼會這樣？沒有人知道。只知道兩個人不得不分別。

「呼——。」

我嘆了一口氣。

嘩啦啦地從浴桶出來，穿上新的內褲與睡衣。

新的布帶來舒服的觸感。「我」回到了現實的世界。

〔解題〕

閱讀孩子的書

為了紀念其創刊，季刊《飛行教室》在一九八一年十二月，從討論凱斯特納的《飛行教室》開始，以「閱讀孩子的書」為題，一直到它的第十二期為止，進行了一系列的連載。這些連載就是本書的主要內容。在集結成書出版的同時，我又加入了〈為什麼要讀孩子的書？〉一文，說明自己是以什麼樣的立場，來討論孩子的書。

我喜歡的書太多了，因此選擇作為題材的書，成了最費神的工作。我用了點心思，讓主人翁的年齡盡可能平均分佈，也讓男生女生大致各半。在過去有關兒童文學的演講中，我曾經以這些選書作為主題，實際寫作時得以參考了當時聽眾的反應，因此寫作的過程相當平順。我由衷希望，在我們討論的這些作品當中，讀者們能夠至少選出一本來閱讀原作。此外，過去在心理學相關著作中，不曾使用過的「靈魂」一詞，在這本書裡可以自由地運用，我感到非常高興。

〔解說〕

聚焦「靈魂」的視點，閱讀「孩子的書」

石井睦美／兒童文學作家

如同本書開頭的〈兒童文學與靈魂〉，以及最後的〈解題〉所述，《閱讀孩子的書》最初連載於一九八一年秋創刊的雜誌《飛行教室》。關於連載的經緯河合老師已經說明了，這裡就不再贅述。首先，且容我從我與《飛行教室》——而不是河合老師與《飛行教室》——的淵源談起。

明明是這本書的解說，卻談起自己的事情，似乎很不應該，我也自知失禮。但是我有不得不從這裡開始、如果不從這裡就無法開始的理由。這個理由，正好和河合老師在第四章所描述的constellation，有密切的關聯。

當時的我，是個剛出爐的新手編輯，經常利用工作的空檔跑到書店去。書店不但可以發現最新出版的書、造成話題的書，而且在那個沒有電腦的時代，遇到不知道的事情、不認識的人名時，書店是我緊急求助的庇護所。我經常求助的庇護所，是離公司第二近，一家叫「書泉Grande」的書店。我選擇第二近、而不是第一近書店的理由，是因為當時書泉的五樓，設有兒童書與學習參考書的專區。查完所需的資料後——有時候立刻找到答案，也有徒勞無功的時候——到五樓童書專區閒逛，是我漫長上班時間中喘息的時刻。

一九八一年秋天，事情發生了。由今江祥智、阪田寬夫與河合隼雄老師擔任編輯委員的《飛行教室》創刊了。對於兒童文學的世界來說，這是不得了的大事件。這一冊雜誌，讓《飛行教室》之前與之後的日本兒童文學，有了截然不同的面貌。

這件事和河合老師的連載「閱讀孩子的書」有莫大的關係。那一系列連載，也就是目前的這本書，改變了「童書」的閱讀方式，也因此改變了「童書」本身。

身為心理治療家的河合老師，聚焦在「靈魂」這個視點上，閱讀「孩子的書」。因為他認為，「大人們盡可能對『靈魂』閉上眼睛。孩子的書所具有的重大的存在意義，就在這裡。『孩子的眼睛』可以確實地捕捉到大人看不到的『靈魂』現象」。

對河合老師來說，所謂「孩子的書」，必須是「不管對大人或小孩都具有意義的書」。

具有這種意義的「孩子的書」，大多數來自海外，而不是日本的作品。對於這一點河合老師感到很遺憾。

雖然我無意為日本的兒童文學辯護，但是海外兒童文學的悠久歷史，是日本無法比擬的，而且翻譯後到達我們手上的作品，已然經過一番篩選。所以，會有這種現象也是無可奈何的事。

然而，《飛行教室》這份雜誌的出現，即使對於當時想都沒想過會成為作家的我來說，也是一個大事件。

當時的情景我還清楚記得。五樓陳列兒童文學雜誌的書架上，在一整排樸素的封面之中，長新太先生畫的獅子，威風凜凜地展示牠的側顏。我心想，大概是不小心被放錯書架的繪本吧！伸手一看，原來是《飛行教室》創刊〇號，〇號的後面，立著創刊號。

如此華麗、有趣的雜誌，用「前所未見」來形容，再貼切也沒有了。

這就是我和雜誌《飛行教室》的邂逅經過。我成為《飛行教室》的忠實讀者，並且透過「閱讀孩子的書」，還有「當你小的時候」一系列對談的連載，認識了河合隼雄這位特立獨行的老師。當然，只是透過雜誌的文字而已。

這本雜誌還有一個虛實參半的專欄，由名字奇怪無比的「日本吹牛協會會長」大牟田雄三主持，叫作「吹牛短信」。很久以後我才知道，大牟田雄三（譯按：這個名字的日語發音與「胡說八道」諧音）就是河合老師。

如前所述，對當時的我來說，有一天會成為「童書」作家，簡直是天方夜譚。沒想到在二十五年之後，我竟然成為《飛行教室》的編輯，可以和河合老師、今江祥智先生一起討論雜誌的企劃，甚至在承續先前的「當你小的時候」對談會上，擔任主持人，真的是連作夢都不敢想的事。

作夢都不敢想的事，竟然發生了。那應該是有一個本來就存在、但是我看不到的星座（constellation），構成了我的系象（constellation）吧！

就因為這樣的因緣，我被賦予撰寫本書解說的重任，我也憑著一股蠻勇，奮不顧身地承擔下來。

相距九年，我又重讀了本書。之所以能夠斬釘截鐵地說「九年」，因為我是在《飛行教室》復刊的時候重新讀它的[1]。

不論是哪一個章節，都能立刻感受到，河合老師是如何深入這些作品的世界，幾乎處於被「附身」的狀態。他那種以整體存在投入的態度，初讀時自然不在話下，再讀時仍然感動不已。那和一般大人——而且是心理學家——對什麼事情發表言論時的姿態，完全不一樣。河合老師讓人感覺，他能夠站在故事中人物生活的地方，注視著同樣的光景，聽到同樣的聲音。

1 譯註：《飛行教室》曾經一度於一九九五年停刊，二〇〇五年才又復刊。

說不定實際上，河合老師真的這樣做。

我說同樣的光景，同樣的聲音，但那是在故事中人物內心——比方《飛行教室》的少年們，《夢幻中的小狗》的班，《小少爺》的洋——展開的景色，迴盪的聲音。

河合老師和主人翁一起前往，說不定連作家本身都沒有意識到的內在空間，在那裡進行他原本的工作（譯按：指心理分析），再回到這個世界來。

我不打算在這裡舉例。一來這樣的事遍佈在整本書裡，沒辦法簡單抽出一件來討論，二來如果讀者們已經閱讀完這本書，舉例是多餘的。

羅絲瑪麗·撒特克里夫（Rosemary Sutcliff, 1920-1992）這位英國兒童文學作家表示，自己之所以為孩子們寫書，是為了寫下自己內部，那個她「未曾度過的童年」。撒特克里夫是一位重度身障人士，她這番話很沉重，同時也很容易理解。不只是撒特克里夫，兒童文學作家當中，有許多人的童年談不上幸福。

然而，河合老師在這本書裡取材的大多數作家——雖然我並非了解所有人的背景——都度過了幸福的童年。至少以一般世間的看法，絕對不能說不幸。這是很有趣的事。

舉例來說，《夢幻中的小狗》的作者皮亞斯就在自傳裡回想，自己的幼年時期是非常幸福的。儘管如此，《夢幻中的小狗》卻描寫班的疏離感與孤獨感。即使是非常幸運的孩子，內心深處也埋藏著孤獨、悲傷、恐懼與憤怒。就算在安全的家庭裡，在好友的圍繞下，孩子本身也對生活沒有什麼不滿，但這些情感仍然會在日常中的某一天，突然填滿了孩子的心。

河合老師在本書的第一章討論《飛行教室》時，和凱斯特納一起質問：「大人怎麼有辦法將自己小時候的事情，忘得如此一乾二淨呢？」他們說的，就是這樣的情形。

而且，孤獨與悲傷、恐懼與憤怒，我們不可以一味地否定這些負面的情感。河合老師說，孩子們必須正確地認識這些情感，因為它們是我們生命不可缺少的要素。

如果沒有這些負面的情感，人無法真正地活著。我們都知道，沒有悲傷的喜悅，沒有痛苦的樂趣，在真實世界裡並不存在。

這就是為什麼河合老師的文章，改變了日本的兒童文學。

就像河合老師在本書中所說的，「希望在我們討論的這些作品當中，讀者們能夠至少選出一本來閱讀原作」，這也是我的願望。同時我也希望，那些河合老師如果還在世，一定會閱讀的兒童文學作品，可以有更多的讀者。

在寫這篇文章前不久，偶然在雜誌上讀到永井陽子的這首短歌：

那個人已經不在了
奇妙的樂器掛在秋日的天空
彷彿是個不可思議的暗號。

〔附錄〕

延伸閱讀

- 《故事裡的不可思議：體驗兒童文學的神奇魔力》（2016），河合隼雄，心靈工坊。
- 《青春的夢與遊戲：探索生命，形塑堅定的自我》（2016），河合隼雄，心靈工坊。
- 《轉大人的辛苦：陪伴孩子走過成長的試煉》（2016），河合隼雄，心靈工坊。
- 《孩子與惡：看見孩子使壞背後的訊息》（2016），河合隼雄，心靈工坊。
- 《如何愛孩子：波蘭兒童人權之父的教育札記》（2016），雅努什・柯札克著，林蔚昀譯，心靈工坊。

- 《靜子》（2014），佐野洋子著，陳系美譯，無限出版。
- 《銀河鐵道之夜》（2014），宮澤賢治著，賴庭筠譯，高寶。
- 《回憶中的瑪妮》（2014），瓊・G・羅賓森著，王欣欣譯，台灣東販。
- 《默默》（2013），麥克・安迪著，李常傳譯，游目族。
- 《飛行教室》（2010），埃里希・凱斯特納著，方麗譯，小倉出版。
- 《雪地裡的小女孩》（2010），如玫・高登／文，芭芭拉・庫妮／圖，穆卓芸譯，宇宙光。
- 《愛哭鬼小隼》（2010），河合隼雄，遠流。
- 《這就是貝貝》（2008），彼得・赫爾德林著，徐潔譯，宇宙光。
- 《長襪皮皮》（2008），阿思緹・林格倫／文，英格麗・凡・奈曼／圖，賓靜蓀譯，親子天下。
- 《長襪皮皮出海去》（2008），阿思緹・林格倫／文，英格麗・凡・奈曼／圖，賓靜蓀譯，親子天下。
- 《長襪皮皮到南島》（2008），阿思緹・林格倫／文，英格麗・凡・奈曼

／圖，賓靜蓀譯，親子天下。

- 《轟隆轟隆 喵～》（2008），長新太／圖文，猿渡靜子譯，南海出版公司。
- 《我的蠟筆》（2007），長新太著，鄭明進譯，維京。
- 《地海巫師》（地海六部曲I）（2007），娥蘇拉·勒瑰恩著，蔡美玲譯，繆斯。
- 《梭河上的寶藏》（2006），菲利帕·皮亞斯著，羅婷以譯，台灣東方。
- 《哈利波特與神隱少女：進入孩子的內心世界》（2006），山中康裕著，王真瑤譯，心靈工坊。
- 《放屁》（2003），長新太／圖文，漢生雜誌。
- 《湯姆的午夜花園》（2000），菲利帕·皮亞斯著，張麗雪譯，台灣東方。
- 《微風與我》（2000），今江祥智／文，上野紀子／圖，陳怡君譯，旗品文化。
- 《杜立德醫生非洲歷險記》（1993），休·羅夫登著，吳憶帆譯，志文。
- 《杜立德醫生》（1992），赫夫·羅弗庭著，唐琮譯，台灣東方。

心靈工坊 PsyGarden
GrowUp 018

閱讀孩子的書：兒童文學與靈魂

子どもの本を読む

河合隼雄—著　河合俊雄—編　林暉鈞—譯

出版者—心靈工坊文化事業股份有限公司
發行人—王浩威　總編輯—王桂花
責任編輯—徐嘉俊　封面設計—羅文岑　內頁排版—李宜芝
通訊地址—10684台北市大安區信義路四段53巷8號2樓
郵政劃撥—19546215　戶名—心靈工坊文化事業股份有限公司
電話—02）2702-9186　傳真—02）2702-9286
Email—service@psygarden.com.tw　網址—www.psygarden.com.tw

製版・印刷—彩峰造藝股份有限公司
總經銷—大和書報圖書股份有限公司
電話—02）8990-2588　傳真—02）2990-1658
通訊地址—248新北市新莊區五工五路二號
初版一刷—2017年1月　ISBN—978-986-357-082-0　定價—380元

KODOMO NO HON O YOMU（子どもの本を読む）
by Hayao Kawai
edited by Toshio Kawai

First published 2013 by Iwanami Shoten, Publishers, Tokyo.
This complex Chinese edition published 2017
by PsyGarden Publishing Co., Taipei
by arrangement with the proprietor c/o Iwanami Shoten, Publishers, Tokyo

國家圖書館出版品預行編目資料

閱讀孩子的書：兒童文學與靈魂 / 河合隼雄著；林暉鈞譯. -- 初版. -- 臺北市：心靈工坊文化, 2017.01
面；　公分. -- (GrowUP；18)

譯自：子どもの本を読む

ISBN 978-986-357-082-0(平裝)

1.兒童文學　2.文學評論

815.92　　105024793

心靈工坊 PsyGarden 書香家族 讀友卡

感謝您購買心靈工坊的叢書，爲了加強對您的服務，請您詳填本卡，
直接投入郵筒（免貼郵票）或傳眞，我們會珍視您的意見，
並提供您最新的活動訊息，共同以書會友，追求身心靈的創意與成長。

書系編號－GrowUp018　　書名－閱讀孩子的書：兒童文學與靈魂

姓名　　是否已加入書香家族？ □是 □現在加入

電話（公司）　（住家）　手機

E-mail　生日　年　月　日

地址 □□□

服務機構／就讀學校　職稱

您的性別－□1.女 □2.男 □3.其他

婚姻狀況－□1.未婚 □2.已婚 □3.離婚 □4.不婚 □5.同志 □6.喪偶 □7.分居

請問您如何得知這本書？

□1.書店 □2.報章雜誌 □3.廣播電視 □4.親友推介 □5.心靈工坊書訊 □6.廣告DM □7.心靈工坊網站 □8.其他網路媒體 □9.其他

您購買本書的方式？

□1.書店 □2.劃撥郵購 □3.團體訂購 □4.網路訂購 □5.其他

您對本書的意見？

封面設計	□ 1.須再改進	□ 2.尚可	□ 3.滿意	□ 4.非常滿意
版面編排	□ 1.須再改進	□ 2.尚可	□ 3.滿意	□ 4.非常滿意
內容	□ 1.須再改進	□ 2.尚可	□ 3.滿意	□ 4.非常滿意
文筆／翻譯	□ 1.須再改進	□ 2.尚可	□ 3.滿意	□ 4.非常滿意
價格	□ 1.須再改進	□ 2.尚可	□ 3.滿意	□ 4.非常滿意

您對我們有何建議？

□ 本人＿＿＿＿＿＿（請簽名）同意提供真實姓名/E-mail/地址/電話/年齡/等資料，以作為心靈工坊聯絡/寄貨/加入會員/行銷/會員折扣/等用途，詳細內容請參閱：http://shop.psygarden.com.tw/member_register.asp。

廣　告　回　信
台北郵局登記證
台北廣字第1143號
免　貼　郵　票

心靈工坊 PsyGarden

台北市106 信義路四段53巷8號2樓

讀者服務組　收

免　貼　郵　票

（對折線）

加入心靈工坊書香家族會員
共享知識的盛宴，成長的喜悅

請寄回這張回函卡（免貼郵票），
您就成為心靈工坊的書香家族會員，您將可以——

⊙隨時收到新書出版和活動訊息

⊙獲得各項回饋和優惠方案